Histoire d'un Petit Rien

Renaud Lachamp

Histoire d'un Petit Rien

ISBN numérique : 979-10-262-2458-7

EAN papier : 9791026224594

librinova

Courriel : contact@librinova.com
Internet : www.librinova.com

Histoire d'un Petit Rien
est un conte traditionnel,
traversé des angoisses d'aujourd'hui.
Il commence en Suisse
pour finir parmi les étoiles.
C'est l'odyssée d'un ours nain, créature interrègne :
est-ce un jouet, un animal, un robot high-tech,
ou les trois en un ?
Ses battements de cœur révèlent un langage...
Un roman d'apprentissage
destiné aux adultes
qui se veut émouvant, surprenant et drôle.

I - L'OURS NAIN

Nul ne saura jamais ni où ni comment Petit Nounours fut conçu.

Dans la stratosphère, où préside la Grande Ourse, divinité tutélaire des ursidés ? (À l'appui de cette thèse, des bancs de semence furent détectés près du lieu de vie du petit ours. Les jours précédant son arrivée, des particules obscurcissaient légèrement d'un voile jaune et sableux son champ d'accueil, et la veille, on assista à leur concentration en une colonne vibrionnante.) Ou fut-il plutôt le fruit des amours d'un couple réfractaire de plantigrades sillonnant jadis les Alpes ?

À moins que cet ours singulier ne fût l'invention diabolique d'un généticien dévoyé, libérée du laboratoire par mégarde ou par volonté perverse d'ajouter au chaos du monde ? (Une perquisition a bien révélé l'existence d'une fabrique clandestine de clones, dont l'antenne principale se trouvait dans une cave aménagée, au Lichtenstein, petite entreprise dirigée par un ex-chirurgien qui fignolait toutes sortes de robots et d'hybrides. Ainsi découvrit-on dans son antre un être humain à la tête greffée sur le corps de l'un de ses semblables.)

Étrange marque de ses origines, le petit ours portait une étiquette rectangulaire rivetée à son oreille droite, ne comportant pas d'autre indication que ses mensurations en chiffres romains, une date antérieure à la naissance du Christ et un logo mystérieux, proche de l'Œil de la Providence de la franc-maçonnerie. Avait-il été fabriqué en usine (un jouet en peluche de taille XXS[2], avec ses quatre pattes articulées), ou bien était-il la mascotte la plus aboutie d'une organisation secrète transhumaniste ? Pourtant l'animal était vraiment vivant, même s'il ne s'exprimait qu'en de rares occasions. Ses faibles grogrements préludaient à des rhumes à répétition se traduisant par des rafales d'éternuements. Mais il n'était sujet à aucune affection virale connue. Ses yeux étaient vascularisés, et un jour qu'il se blessa contre une épine de rosier, quelques gouttes de sang jaillirent.

Ses autres particularités physiologiques étaient suffisament rares pour être soulignées. Son facies au museau allongé faisait vaguement penser à celui d'un renard. Une mini-barbichette avait poussé en sa partie inférieure - lui conférant l'aspect d'un vieux sage. Mais le trait le plus remarquable de ce petit mammifère était son pelage, brun-roux, usé précocement, à l'aspect ambigu : était-ce du mohair s'aplatissant puis se désagrégeant lentement avec l'âge, ou une fourrure naturelle aux poils de trop faible densité ? Quant à ses pattes arrière, elles se terminaient en petits pieds plats ovales, munis de griffes qu'il ne sortait sous aucun prétexte, sa gentillesse et son pacifisme naturels le lui interdisant. Mais n'étaient-elles point factices ? Quatre fines lignes en marquaient l'emplacement. L'arme de défense autrefois opérationnelle s'était-elle muée en simple décoration brodée de doigts de fée ?

Quoiqu'il en soit, ce petit rien du tout atterrit, paraît-il, en parachute, par une nuit sans lune de janvier, au milieu d'un champ de neige. À deux pas du corps principal d'une ferme isolée du canton d'Appenzell, en Suisse. Au cœur d'une large et grasse vallée de l'Alpstein dédiée à l'élevage, serrée entre deux chaînes de montagnes de grès, abrutes et majestueuses - hautes sphères que seules de petites escadrilles de rapaces se hasardent à hanter, se disputant quelques rares charognes, criaillant et tournoyant inlassablement.

Le petit mammifère ne grandit pas. Soit qu'il appartînt à une variété d'ours nains fort rare et démunie, soit en raison de son statut d'orphelin ou d'enfant naturel. Traumatisme indélébile l'empêchant de procréer et de participer aux affaires des adultes. État de retrait et de sidération qui le caractérisa et perdura durant toute son existence.

*

Si l'on en croit la légende racontée aux enfants de la Confédération, les vingt-six sociétaires de la Compagnie des Ours Nains - un par canton - se rendent invisibles. Soit par la formation d'un halo cotonneux à leur approche, soit, plus prosaïquement, parce qu'ils ont volontairement rompu en visière avec l'homme - mémoire de massacres ayant décimé les leurs, mépris des humains à leur endroit. Sur le plan démographique, leur population demeure stable, dans la mesure où la mort de l'un d'entre eux est aussitôt compensée par l'apparition de son double, au pied levé, selon une régulation automatique. Dès que la dépouille du défunt a été portée en terre, se profile au loin la silhouette de son successeur, aux caractéristiques biométriques en tous points identiques. Seule la taille de leur langue peut varier d'un sujet à l'autre, ainsi que la tonalité de leurs grognements, les sons émis par les représentants des cantons de l'est et du nord étant naturellement plus gutturaux. Réincarnation par l'opération du Saint-Esprit, ou substitution à distance par le Malin ? Le conte laisse planer le doute sur le phénomène. Quelques illuminés, adeptes de la physique quantique - ou du charlatanisme - prétendent même que les vingt-six petits ours seraient capables d'apparaître simultanément en deux endroits différents. D'autres prétendent avoir senti leur odeur boisée, mais en réalité, personne ne les a jamais vus.

Cachés dans leurs tanières, ces petits mammifères, qui auraient tenu dans la paume de la main, se bornent à assurer leur survie par de menus larcins, dans un monde qui leur est devenu hostile. Préparant mûrement leur coup, ils agissent au plus profond de la nuit - sur le coup de trois heures - trouvant toujours à se faufiler par de petites failles ou des chattières dans les épiceries de village de haute montagne, ou visitant les poubelles. Sur le Plateau [1], ils squattent les trous d'arbres, des anfractuosités dans la roche font leur bonheur dans le réduit alpin. Un odorat extrêmement sensible leur permet de détecter la présence humaine à près d'un kilomètre à la ronde. Ainsi sont-ils devenus totalement clandestins et étrangers à l'évolution du monde. Ceux qui vivent dans les refuges les plus reculés doivent se figurer l'homme encore vêtu de costumes à jabots de dentelle, portant perruque ou catogan, se déplaçant à pied ou en charrette, pourchassant leurs ex-idoles [2] à coup de fourche ou de tromblon.

La genèse de cette fratrie est naturellement aussi obscure que celle de Petit Nounours. Le mystère de l'interruption de leur développement reste entier, mais à la différence de notre héros, les vingt-six sont dotés d'un caractère primesautier et expansif, leur mobilité se rapproche de celle d'un plantigrade ordinaire - se déplaçant pesamment de préférence à quatre pattes -, ils utilisent leurs griffes quand le besoin s'en fait sentir, et leur pelage se régénère régulièrement - trois fois au cours de leur existence - tandis que depuis sa naissance, la pilosité de Petit Nounours

1. Le Plateau correspond au quadrilatère Genève-Lucerne-Zurich-Bâle, dont l'altitude est de 500 mètres en moyenne.

2. L'ours avait été sacré roi des animaux, jusqu'à ce que l'Église ne le destitue, de crainte qu'il ne lui fasse de l'ombre.

s'était dégradée inexorablement.

Toujours selon la légende, la confrérie ne se réunit qu'une fois l'an, dans une petite prairie, près des rives du Lac des Quatre Cantons, pendant quarante-huit heures. En ce carré de pelouse souvent brumeux, suivant un cérémonial immuable, les vingt-six mini-plantigrades se font une beauté en lissant leur pelage. Ensuite, ils se congratulent longuement. Et ils entament une danse en rond, se tenant par les épaules, faisant le « petit train » et « le grand huit » : grand moment de bonheur et de confraternité, entrecoupé de grognements poussés à l'unisson. On célèbre le solstice d'été dans l'allégresse, puis on festoie autour d'un feu de camp. Avant de se séparer et de s'en retourner par des sentes tenues secrètes - minuscules chemins, balisés de proche en proche de petits cailloux blancs et d'empreintes de cinq griffes dans la roche. Seuls témoins de ces agapes, les abeilles fournissent à cette assemblée de bons vivants de substantielles rasades de miel en échange de la protection de leurs essaims sauvages.

Festins auquel Petit Nounours ne fut jamais invité. Et pour cause, ignoré de tous, il était en trop - le vingt-septième, le pelé, le galeux, qui aurait rompu l'équilibre et par qui le malheur serait arrivé.

*

Instinctivement, Petit Nounours se tenait assis, les bras ballants, plutôt que debout ou à quatre pattes. Il se déplaçait lentement, à un rythme un peu mécanique.

Particulièrement frugale était son alimentation. L'absorption quotidienne d'un gland lui suffisait pendant la saison hivernale. Aux beaux jours, l'animal se contentait d'une fraise des bois, d'une cerise tombée à terre, ou d'une mirabelle. Lorsque Petit Nounours ne parvenait pas à se procurer l'un ou l'autre de ces ingrédients, il se mettait frénétiquement en quête de raisins secs, ou de quelques amandes, qu'il stockait dans la glèbe, dans un désir anxieux d'accumulation comparable à celui de l'écureuil. Ses repas pris à des horaires variables s'entouraient d'une rigoureuse étiquette. Après avoir déniché un fruit d'été bien juteux, tout d'abord, il le testait : il l'observait sous toutes ses coutures avec une attention extrême, le manipulait délicatement. Puis il le faisait rouler. Par exemple, une mirabelle éligible à ses yeux devait être aussi mobile qu'une bille, c'est à dire parcourir un mètre en ligne droite. De couleur uniformement jaune pâle, son écorce ne devait être affectée d'aucune pigmentation. Il était impératif que l'objet de tous ses désirs possédât encore son pédoncule, gage de jeunesse et de fraîcheur. Une fois sélectionné, Petit Nounours le palpait longuement, il le reniflait à plusieurs reprises. Selon son humeur du moment, il grignotait la mirabelle lentement et avec circonspection, ou bien il la pressait afin d'en exprimer le jus. Quant aux fruits secs, il les broyait avec ses pieds afin de les réduire en poudre, plus facile à digérer, qu'il mélangeait avant de consommer avec de l'eau de source, afin d'en faire une pâte moins âpre. L'estomac de l'animal était d'une dimension si exiguë et sa tuyauterie abdominale si complexe qu'il possédait deux intestins[3] : le plus robuste - un véritable tube de caoutchouc - pour la nourriture, et son petit frère, moins rigide, boyau alambiqué à destination des boissons. Résultat de cette ingénierie peu commune : le petit mammifère mettait presque une heure entière à croquer les quatre malheureuses denrées et à les ingérer, ensuite sa digestion était si lente et problématique, que, légérement embarbouillé, il s'assoupissait, groggy. Il faisait

3. L'appareil digestif de Petit Nounours était comparable à celui de la fourmi, qui possède un double estomac, l'un des deux regurgitant une partie de la nourriture absorbée.

une sieste agitée, entraîné par ses rêves vers une planète fantasmagorique, féconde et constellée de paillettes d'or, où d'autres ours de sa catégorie - s'ils existaient -, étaient reconnus et célébrés. À la fin de ce repos forcé, signé par les va-et-vient de ses petites oreilles, c'était le moment de se désaltérer, soit en captant des gouttes de pluie - qui ne manquaient jamais d'arroser cette région en abondance -, soit en lappant l'eau qui suintait des gouttières courant aux quatre coins de la ferme. Du coup, ses besoins en sommeil nocturne étaient minimes. Dès la tombée du jour, le petit mammifère se plongeait dans une intense observation de son environnement, autant par peur de l'inconnu que par curiosité insatiable, persuadé que parmi les nuages dérivant, une masse de défunts circulaient sans entrave, qui allaient embrasser, au jour du Jugement Dernier, le spectre de la Terre.

Sa timidité et plus encore ses modestes moyens physiques le contraignaient à se montrer extrêmement circonspect dans ses rapports avec autrui. Il n'eut de cesse de se dérober aux regards des êtres humains tout au long de son existence végétative : d'abord derrière le corps principal de la ferme de Madame Schwerin, éleveuse de bétail dont les ronflements interrompaient souvent son sommeil.

Pendant dix longues années, soit plus de la moitié de sa vie, Petit Nounours se maintint dans une position inconfortable, adossé au bas du bâtiment, au nez et à la barbe de sa voisine qui n'aurait pas manqué, croyait-il, de le battre ou de le convertir en rôti. L'été, le petit ours dormait assis contre le mur frais, toujours aux aguets, incommodé par les effluves des loges aux cochons. L'hiver, il se creusait un petit trou non loin dans la terre, qu'il recouvrait d'un mince tapis d'herbes sèches. Peu démonstrative, sa présence suffisait néanmoins à tenir à distance les vers de terre.

La plupart du temps, Petit Nounours demeurait immobile et mélancolique, l'expression fixe, un peu perdu dans ses songes. Comme si son regard ne connaissait pas les barrières de l'horizon. Comme si la planète Terre n'était qu'un passage obligé, un chemin de rédemption semé de sang et de larmes. Peut-être ne rêvait-il que d'un foyer plein de chaleur où il serait aimé pour ce qu'il était. À la mesure de ses moyens physiques modestes et de sa santé délicate. Où il pourrait se rendre utile en participant aux distractions et à l'apprentissage des petits des hommes. Il se voyait déjà en train de jouer à saute-mouton ou à la marelle, et même donner de petites représentations théâtrales, se dandinant et remuant alternativement les deux oreilles, seules parties réellement souples de son anatomie, pour faire rire l'assistance...

Sa raideur corporelle mortifère amenait le petit mammifère à considérer son bout de champ comme une maison de retraite anticipée - à croire que l'Alpstein était l'aboutissement de sa vie plutôt que son aube.

Pourtant, plusieurs fois par an, une colonie de coccinelles s'affairait à proximité, lui laissant entrevoir les promesses de la mobilité : faire de beaux voyages, avec à la clef, peut-être, des rencontres inopinées avec des membres de son espèce. Ces coléoptères avaient l'avantage de suivre un cycle de vie parfaitement minuté, ne tolérant aucune forme de fantaisie : chaque groupe traçait religieusement le chemin de son lieu de ponte avec l'impératif de ne point s'en écarter. Seule une discipline de fer permettait à ces petites bêtes de survivre et prospérer. Aussi Petit Nounours les observait-il avec curiosité et envie. Leur sens de l'entraide et leur tonicité lui donnaient de l'espoir. La vie était peut-être moins sombre qu'il ne le pensait : car les insectes les plus endurants se relayaient pour pousser les infirmes et pourvoyaient à leur alimentation. Ils comprenaient un chef de meute, et, insérés dans la colonne à intervalles réguliers, des contrôleurs. Lorsqu'une coccinelle passait de vie à trépas, ses congénères se hâtaient de l'enterrer, afin qu'elle ne fût pas livrée à l'appétit d'un charognard. Le souvenir de la bête à Bon Dieu disparue devait retourner intact à la matière originelle : dignité et efficacité ultimes.

Au cours de l'un de ses passages rituels, l'insecte de tête, étonné d'apercevoir un personnage du format de l'ours nain, marqua un temps d'arrêt. Pour la première fois, il appréhendait la totalité de l'enveloppe corporelle d'un plantigrade. Jusqu'à ce jour, nos minuscules coléoptères n'avaient goûté qu'à la terminaison de ses griffes. La coccinelle fut immédiatement intriguée par la passivité et la tristesse qui émanaient de Petit Nounours. Un temps, nos deux petites choses semblèrent vouloir s'apprivoiser...

Même si son regard vitreux restait fixé sur l'horizon, l'ours nain aurait vivement souhaité se lier à l'une de ces belles créatures à la carapace tachetée et lui manifester de la sympathie. La coccinelle, devançant ses désirs cachés, se mit à décrire des cercles autour de lui, agitant ses élytres. Petit Nounours, puisses-tu sortir de ta torpeur ! semblait-elle lui signifier. Ému par ce ballet gracieux et par tant de sollicitude, l'ours miniature bouillait intérieurement. Son teint ordinairement brun pâle s'empourpra. L'insecte lui chatouilla alors délicatement les pieds, se hissa à hauteur de son museau et cligna de l'œil. Enfin, la cocinelle se posa sur le sommet de son crâne. Fait-on invite plus explicite ? Petit Nounours ressentit d'agréables picotements, mais il ne saisit pas le sens de la parade et demeura finalement inerte. Il esquissa bien, laborieusement, un pas de danse, signe probant de complicité de la part d'un plantigrade. Mais hélas, trop emprunté et affectivement désabusé, le petit ours ne sut comment s'y prendre pour poursuivre ce marivaudage. Personne ne l'avait initié à engager des relations amicales. (Et ce n'était pas l'acariâtre fermière qui aurait pu l'y aider : chaque fois que la bonne femme sacrifiait quelques membres de sa basse-cour, les cris bouleversants de ces esclaves domestiques faisaient sursauter notre petit animal. Agité de spasmes irrépressibles, il avait envie de disparaître dans son trou terreux. Les crimes de Madame Schwerin accentuaient encore son apathie.)

Après cette première déconvenue, un âne vagabond témoigna à son égard d'une certaine bienveillance. Il le réchauffa de son haleine moite. Mais ce flux vaporisé ne procura à Petit Nounours qu'un éphémère apaisement. Car, selon sa funeste habitude, il s'assoupit au moment-clef de la rencontre. Comme si l'apparition de ce personnage impromptu le dérangeait... Il rêva alors que l'âne lui léchait le museau, puis le saisissait par les oreilles pour l'installer dans le bât pendu à ses flancs - lourde charge ayant éreinté cette bête de somme au service de commerçants ambulants. Un pacte, fondé sur la complémentarité et l'assistance mutuelle, venait d'être scellé. Avec le baudet dans le rôle de l'aile marchante et Petit Nounours en guide moral et spirituel. C'était à lui, si fragile et dépourvu, qu'incombait la mission de conduire le binôme sous des cieux plus cléments. Qu'il neige ou qu'il vente, ces deux-là franchiraient à marche forcée les obstacles de la vie. À la recherche de la contrée luxuriante où une pluie étincelante d'étoiles ou de poussières d'anges emplirait leurs mains. Dans un coin de désert ou une oasis des Mille et Une Nuits. À deux pas de la Nativité. Son compagnon n'était-il pas le lointain descendant de cet équidé qui fut partie prenante de l'événement fondateur de notre civilisation ? Petit Nounours, qui avait assisté de loin à l'élaboration de la crèche de Noël de Madame Schwerin, en était sûr. Hélas, lorsqu'il émergea enfin de ses songes, le voile se déchira : l'âne était parti. Il avait tant brouté en l'attendant qu'il en avait perdu patience. Et, à nouveau, se referma la solitude sur l'ours enfant.

L'unique progrès dans l'égrènement monotone de son quotidien fut la découverte d'une vieille timbale en métal trouvée dans la fosse à purin. Orné de petites baleines bleues émaillées, l'objet un peu désuet - probablement oublié par une troupe de boys scouts - lui fit office de nouvel habitat, à la fois plus protecteur et plus sain que la glaise alentour. L'affaire était pourtant mal emmanchée : handicapé par sa maladresse congénitale, Petit Nounours fit une fausse manœuvre et reçut l'objet sur la tête. Le corps coiffé de cette cloche hermétique, l'ours enfant, terrorisé, manqua suffoquer. Trébuchant sur une branche, il parvint cependant à remettre la timbale à l'endroit et put se fondre dans son logement cylindrique, qu'il garnit de plumes d'oiseau pour enfin s'y blottir. En cas d'intempéries, il lui suffisait de couvrir sa maison d'une grande feuille imperméable. Les jours de fête, Petit Nounours transformait l'ustensile en toupie. Après lui avoir imprimé un fort mouvement giratoire, il entrait en lévitation, par brèves secousses. Instants inoubliables, délicieux frissons et quasi pertes de conscience.

Bref, ses conditions d'existence, plus variées, étaient devenues presque vivables. Le cours de sa vie aurait pu se perpétuer sous ces auspices si un événement inattendu ne l'avait obligé à faire une croix sur les lieux de sa jeunesse et de son apprentissage.

Aiguillonnée par la baisse continuelle des cours de la viande de bœuf, Madame Schwerin décida sans préavis de changer de stratégie et de transformer ses prairies naturelles en cultures de pommes de terre et de maïs. Chambardement alarmant pour la sécurité du petit ours : aux inoffensifs troupeaux de ruminants allait succéder le déferlement d'engins mécanisés. Craignant d'être déchiqueté par les tracteurs, il massa minutieusement ses membres en prévision de son prochain exil. L'assouplissement de sa carcasse était indispensable à sa survie.

Lorsque vint le jour du départ, coïncidence troublante, les animaux de la ferme ne répondirent plus aux admonestations de leur patronne. La harpie eut beau tonner, jurer, ses bêtes ne sortaient pas de l'étable. Certaines s'étaient même encordées, la plupart refusait de se nourrir. Lorsque la vilaine tenta de traire les vaches, elle ne tira de leurs pis que du lait tourné impropre à la consommation. D'autres enfin, quelques oies, un coq et deux cochons, avaient pris la poudre d'escampette. Mais l'ours nain ne broncha pas, refusant de prendre part à ce coup de sang collectif, observant en cela la loi du silence en vigueur parmi ses pairs - qu'il ne connut jamais -, tradition plus que centenaire qui consistait à demeurer toujours aux aguets, sans jamais interférer. Prendre en compte la dureté et l'injustice du monde, avec pour corollaire l'interdiction de s'exprimer. Et même, par excès de pudeur, de montrer sa langue - organe proscrit, car symbole de désir et de concupiscence. Une attitude de retenue, aussi, destinée à passer inaperçu, de peur d'être encore désigné à la vindicte populaire.

*

Petit Nounours se résolut - la mort dans l'âme - à quitter son havre. Longtemps, il médita, s'efforçant de fixer dans sa mémoire tous les détails du paysage. Chaos de rochers moussus, vives cascades, vert cru des prairies, petits sentiers tortueux et caillouteux et cimes chahutées, aucun des éléments de son décor familier ne voulait être remisé au rayon des souvenirs. Puis, faisant fi de sa mélancolie, il combla entièrement le trou qui avait constitué son refuge nocturne pendant près d'une décade, veillant à n'enterrer aucune petite créature, respectueux et attentif envers tous ces animaux souvent quasi microcospiques qui l'avaient accompagné dans son quotidien et égayé un tant soit peu sa solitude. Il saisit la timbale de métal grossier - son unique bien, qu'il s'était approprié bien malgré lui -, l'essuya consciencieusement, scruta une dernière fois les baleines bleues émaillées ornant ses flancs, enviant leur aisance au sein des flots, et lança l'objet dans la fosse à purin : là où il l'avait trouvée. De son passage, aucune trace ne devait subsiter - tant il avait conscience de n'être vraiment qu'un tout Petit Rien, infime atome dans le vaste monde, que la chute d'un branchage ou la maladresse d'un piéton pouvaient réduire à néant. Faisant quelques pas, il s'aperçut soudain que ses articulations métalliques craquaient. La rouille commençait peut-être à les ronger, à moins que les grosses vis maintenant ses genoux ne se fussent mises à jouer... Une certaine rigidité de la carcasse semblait l'ankyloser et l'empêchait de faire des cabrioles. Le temps faisait son œuvre, sans que le petit plantigrade n'eût encore entamé l'aventure centrale de son existence...

Il prendrait la route de l'Occident humide et monotone. Choix dicté par la nature du relief : en effet, sa vallée était barrée à l'est par un cirque de montagnes verticales. L'escalade était pour lui un sport hors de portée, jamais l'ours enfant ne parviendrait à se hisser au sommet de ce mur, ses pattes articulées se déroberaient, un vertige mortel le saisirait... Il en était pleinement conscient.

Cependant, dans sa prise de décision, le facteur déterminant fut plutôt d'ordre mystique. Car c'était à l'ouest que se cachait l'aire de décollage qui lui ouvrirait la voie du Royaume de la Grande Ourse. Ce secret lui avait été révélé par la Divinité en personne : une voix au timbre caverneux, aussi limpide que définitif, lui avait fait promesse de longévité et félicité éternelles. À condition d'arriver à dénicher cet aérodrome naturel, muni d'un tapis volant. Il se présenterait à sa vue comme une étendue couleur vert-de-gris phosphorescent, au centre de laquelle serait tendue une peau de mouton blanche, très souple, qui ondulerait doucement.

Voici posée l'énigme à résoudre. À toi de jouer, Petit Chose !

De toute évidence, le tapis serait adapté aux particularités morphologiques de l'animal, lequel s'y enroulerait comme dans une chaude couverture ou un sac de couchage isotherme. Ou bien il se moulerait à ses formes, tel une sorte de sarcophage. À moins que l'enveloppe ne se refermât en simple cylindre protecteur ? En tout cas, Petit Nounours n'aurait à craindre ni la chute de température à haute altitude, ni la collision avec un objet volant non identifié.

Cependant, la figure tutélaire n'avait fourni aucune information sur la vitesse ascensionnelle de l'outil de son émancipation. Ni quant au temps nécessaire à l'accomplissement de ce voyage céleste : quelques secondes ou une année-lumière ?

Seule certitude, ce mini-aérodrome - aux dimensions non précisées - ne pourrait s'implanter que dans une zone plane. L'aire de délivrance pourrait tout aussi bien se situer dans un champ de blé moissonné que dans une prairie de coquelicots couchés par le vent. Petit Nounours n'y rencontrerait aucun autre impétrant susceptible de lui porter secours en cas de tempête, les départs étant échelonnés - sans tambour ni trompette -

à seule fin d'éviter des encombrements et une pagaille préjudiciables. Petit Nounours devrait simplement se montrer extrêmement attentif aux détails de son environnement pour en repérer les indices, comme un tas de pierres sèches ou des pieux rapprochés, et, le jour J, tirer de sa découverte un profit immédiat. Discrétion faisant loi, ce lieu secret serait en effet programmé pour se désintégrer le lendemain même de son utilisation - par l'intervention d'Éole, entité suprême avec laquelle la Grande Ourse avait conclu un « gentleman agreement ». D'un grand coup de zéphyr, le dieu du Vent ferait table tase des aménagements sommaires de l'endroit - afin que les hommes ne pussent s'emparer du mode de réincarnation des plantigrades et n'en profitassent pour coloniser les espaces interstellaires réservés au repos de l'espèce oursine et à son éventuelle régénération. Et c'est le Soleil, astre impérial d'accord avec la Grande Ourse, qui réchaufferait les abattis des sujets en vol.

*

En dépit de multiples contraintes, Petit Nounours réusit à ne jamais dévier de son chemin ou peu s'en faut, grâce à son sens inné de l'orientation commandé par ses deux oreilles. Lorsqu'il se dirigeait trop au nord, son pavillon gauche battait le rappel et envoyait une décharge électrique de faible intensité qui ramenait notre voyageur dans la bonne direction. Idem pour le pavillon droit lorsqu'il allait trop au sud. Seul le parasitage de ces deux organes auditifs par des ondes magnétiques les empêchait de remplir leur mission. Raison pour laquelle l'ours veilla à se tenir constamment éloigné des lignes à haute tension et autres antennes de tout acabit. Et la plupart du temps, l'ours nain marchait les deux oreilles rabattues, pour les préserver des courants d'air.

Le premier chemin carrossable qu'il trouva fut une large voie en terre, parsemée de trous boueux. Ensuite s'ouvrit une route goudronnée, astreignant l'ours nain à marcher dans les fossés de drainage qui la bordaient de chaque côté. À la vallée majestueuse succéda un pays de coteaux partagé entre bois de sapins et verts pâturages peuplés de jolies vaches à la tête couronnée de fleurs. Puis se présenta le premier obstacle rencontré par notre pauvre héros : les pierres et colombages d'une petite ville ordinaire un peu endormie, Hérisau. Mais l'ours n'éprouva aucune difficulté à la contourner en flânant à travers de petits jardins potagers.

Un mois plus tard, Zurich et sa banlieue surgirent brutalement, au détour d'un point de vue plongeant sur la cité et ses alentours. Cette fois-ci, pas d'échappatoire... L'horizon était clos de toutes parts : à l'ouest, par une zone industrielle, et à l'est, un lac long et paresseux interdisait tout passage. Le petit mammifère allait donc devoir braver l'ogre de la civilisation urbaine.

Pour le reste, Petit Nounours se comporta en ces circonstances comme tous les fugitifs du monde, usant des mêmes précautions et stratagèmes. Il marchait les épaules rentrées, pataugeait de nuit à petits pas comptés dans les caniveaux de la grande cité, collé aux parois. Sa seule idée originale fut de se tapir dans les confessionnaux des quelques rares églises catholiques de la capitale économique de la Confédération. En ces lieux retirés, il tenta de saisir le sens intime des chuchotements émis par les repentants - et ne les comprit pas plus que les aboiements inintelligibles de son ancienne logeuse. Comme si les hommes étaient incapables de moduler pacifiquement leur comportement, et leurs échanges verbaux, de manière sereine et équilibrée.

Sur le plan nutritionnel, sa situation se dégrada très

vite : à la relative abondance à laquelle il était habitué, se substituèrent divers ersatz peu en rapport avec son régime alimentaire. Dissimulé dans les recoins de portes cochères, il dut se contenter de guetter la fin des marchés de plein air ou d'explorer les poubelles de restaurants pour y ramasser quelques épluchures de pommes de terre ou écorces de mandarines. Reliefs indigestes régurgités fréquemment.

Parvenu à Kaiserstuhl - petite bourgade médiévale - l'ours enfant se heurta à une autre barrière de taille : le Rhin en majesté. Avec sa puissance de jeune taureau et ses chutes émaillées de sombres chaos de roches granitiques à peine polies par les trombes d'eau qui les submergeaient depuis des siècles. Avec les bancs d'algues gluantes et les îlots qui encombraient la partie la plus paisible de son cours.

Fasciné par cette énorme masse liquide en mouvement, pareille à un gros serpent vert, Petit Nounours s'approcha trop près du bord, se prit les pieds dans les racines d'un saule, et un remous l'emporta. Entraîné par le courant, l'ours nain, balloté comme un fétu de paille, peinait à reprendre son souffle. Plusieurs fois, il but la tasse, et avala même un petit poisson, à son corps défendant. Mort sans sépulture garantie pour un Petit Chose rêvant de rallier un au-delà fantasmé...

Pourtant, cet imprévu constitua une chance inespérée. Grâce à son double intestin, il parvint à filtrer et ingérer sans dommage liquides et solides. Cette construction abdominale un peu abracabrantesque le sauva, paradoxalement. En une journée, il progressa de près de vingt kilomètres, arcbouté contre un gros branchage. Magie insoupçonnée de l'eau et de sa vitesse. Souvenir évanescent du Schwendibach, modeste vassal du Rhin, courant, cristallin, dans la vallée de l'Alpstein ;première peur irraisonnée à l'approche de ce petit torrent animé d'esprits indomptables, bruyant et intrépide ; angoisse à l'idée de remonter jusqu'à sa source, pour l'ours enfant taraudé par le mystère de ses origines...

C'est ainsi qu'il vint à bout des tourbillons et des mini-écluses qui contrariaient le grand fleuve. Et c'est ainsi qu'il sauva sa peau et finit par rejoindre la terre ferme, reconnaissant envers ce long ruban liquide. Après tout, la Grande Ourse ne lui avait donné aucune instruction sur son mode de déplacement et le Rhin lui avait fait accomplir un grand pas vers l'ouest. Entre l'arbre parti à la conquête du ciel et l'horizontalité sans borne du fleuve, Petit Nounours établit une parenté.

Transi, le petit ours prit froid en dépit de la chaleur humide. Son museau enfla, signe d'infection, et par ses pores minuscules suintaient des écoulements. Il ne dut son salut qu'au squatt d'un terrier de rat musqué, où il demeura près de deux mois, cloîtré, sidéré par sa petitesse face aux éléments.

Lorsqu'il se décida à sortir de sa retraite, il put se fondre à nouveau dans des paysages plus familliers et rassurants, randonnant à travers de hauts champs de blé ou de maïs, protégé de la curiosité des hommes par les épis et les tiges. Il s'attacha à accélérer son allure et essaya de progresser par bonds. Mais ce fut un échec total qui se termina en pitoyables cabrioles. Petit Nounours ne possédait ni la coordination, ni surtout le « ballon », permettant de s'élever au-dessus du sol.

C'est à la hauteur de Wegenstetten en Argovie, pays de grande culture et d'élevage, que l'ours nain crut découvrir le Graal : un pré couvert par un maraîcher d'une fine bâche en plastique brillant, de couleur gris muraille, pour protéger ses fruits et légumes de la rapacité d'oiseaux querelleurs. Un rectangle bien délimité par une clôture en bois et des bornes aux quatre coins, avec en son centre une étroite plage blanche : n'était-ce point là l'aire de décollage promise et sublimée ?

À la tombée de la nuit, Petit Nounours tomba en extase : tout là-haut, perdues dans un ciel d'encre, des féeries d'étoiles resplendissantes s'entrechoquaient en ballets virevoltants. Un feu d'artifice scintillant et se démultipliant sans cesse. N'y manquaient que les silhouettes élégantes de danseurs. Parmi ces constellations figuraient Orion et Cassiopée, et bien d'autres galaxies moins familières, telles la Licorne Ailée ou l'Hippocampe. La Petite Ourse, déléguée par sa supérieure, n'apparaissait qu'en arrière-plan, dissimulée derrière l'un de ses domestiques, vulgaire satellite. Mais la sous-cheffe exercait une réelle surveillance sur ce bestiaire intersidéral, qui allait croissant au fil des heures. Elle déterminait le tour d'apparition des rangées de comètes et réglait leur circulation, évitant de désastreuses collisions.

À minuit, la ronde des étoiles ralentit progressivement pour se figer enfin. Les astres pâlirent, et, leurs cinq branches s'évanouissant, reprirent les allées du cosmos. Vingt galaxies parmi les plus volumineuses se donnèrent alors le mot pour tracer en lettres d'or le nom de Petit Nounours au plus haut des cieux, assorti d'une parole : « Bienvenue à toi, Petit Nounours ! » Enfin, le bouquet final, une planète de diamètre imposant recouverte de fins poils bruns (rappelant étrangement la toison de Petit Nounours) se propulsa par paliers et spasmes au premier plan, tourna quatre fois dans le sens des aiguilles d'une montre et quatre fois en sens inverse. Puis elle s'éloigna lentement. En quelques minutes, le ciel redevint vide. Seul un croissant de lune fixe y reprit ses quartiers.

Subjugué par le spectacle, l'ours nain s'était évanoui à plusieurs reprises. Puis il s'était enfoncé dans une douce léthargie, persuadé que, bercé et emmaillotté comme un nourisson, il serait transporté dans son sommeil vers un monde meilleur. Hélas, au petit matin, la bâche avait disparu et le ciel s'était obstrué de lourds nuages opaques. Quelques bourrasques traînaient leur complainte assourdissante et heurtée, entrecoupée de brefs silences. Aucune trace tangible des folies de cette nuit d'anthologie, sauf, par endroits, une mince couche de poussière grise - signe d'intense combustion. Finie la magie ! La Grande Ourse l'avait déçu, ou trompé (il n'osait encore se résoudre à cette dernière hypothèse). À moins que de ce céleste tintamarre, il n'ait commis une interprétation erronée ? Après tout, son ascension dans les airs revêtirait peut-être un aspect totalement anodin, ne serait précédée d'aucune mise en scène... Il éprouverait une forte douleur à la poitrine, après avoir revu en un clip dévastateur l'ensemble de sa malheureuse existence, et puis, la lumière s'éteindrait.

La tête basse, Petit Nounours reprit son chemin vers son improbable Eldorado originel. Sans se retourner, le visage baigné de larmes. Depuis ce jour maudit, il se demandait si l'agitation régnant dans les grandes plaines n'était pas la cause de cette symphonie inachevée. Mais il restait sceptique quant à son renouvellement.

À l'approche de la ville de Bâle - nouvel écueil auquel il était cette fois-ci préparé - le mini-plantigrade pénétra dans un champ d'orge détrempé par de récentes pluies diluviennes. Le sol était grêlé de flaques d'eau, la glaise lui collait aux pattes. Il avait un mal fou à s'en extraire, chaque pas devenait plus pesant, son cœur battait la chamade. Épuisé, les pattes écorchées, il se laissa choir et entra dans un coma profond. Cette traversée ébouriffante du nord de la Confédération avait duré presque six mois.

***

II – ZUM TIERPARADIES

Irma Felgenhauer - la soixantaine en perspective, toute en rondeurs - venait d'hériter d'un petit immeuble idéalement situé dans le centre-ville de Bâle, à deux pas des bords enchanteurs du Rhin, parmi ces demeures aux jardins étagés où la riche bourgeoisie bâloise se cloître et règle ses affaires, derrière de hauts murs.

Petite-fille d'un officier allemand au passé politique trouble, elle n'avait jamais exercé d'autre activité que celle de secrétaire occasionnelle de son défunt mari, puis de demi-mondaine de luxe. Veuve plus désœuvrée qu'aisée, la dame entretenait d'une main plusieurs gigolos, en profitant de l'autre des largesses de vieilles badernes à la voix chevrotante et aux comptes bancaires bien garnis, à qui elle dispensait ses faveurs tarifées. Elle pratiquait ainsi ce qu'elle appelait la « redistribution intergénérationnelle des richesses ».

Le temps passant, sa vie quotidienne avait acquis un caractère presque routinier, un tantinet creux, meublé de nombreuses heures d'ennui sans doute. Le matin, elle se levait tard pour se faire une beauté respectable et mettre à jour son carnet de rendez-vous galants. À midi, elle recevait à déjeuner l'un de ses compagnons cacochymes et gourmands - puisés parmi les agents de change et gros commerçants de la ville - lui concédant chichement quelques attouchements et de chastes baisers du bout de ses lèvres peintes. Elle se plaignait alors, suivant un scénario parfaitement rôdé, d'une infinité de tracas paperassiers, et de sa situation précaire, produisant à l'appui ses livres de comptes et relevés bancaires. Et la vieille garce de soutirer à son invité du jour quelque subside, subtilisant parfois carrément un portefeuille en peau de crocodile lorsque son propriétaire - faiblesse passagère - semblait ne pas s'y opposer trop farouchement. Elle proposait même la mise en place de prélèvements automatiques, ou, mieux encore, l'installation d'un terminal de carte visa à domicile.

Puis le soir s'annonçait, et ses ténèbres suggestives. Elle allumait des spots rouges et violets à travers tout l'appartement, pour y exercer ses talents de falsificatrice dans un registre autrement plus salace, travestie en fermière ou accorte soubrette ouverte à toutes les fantaisies, suivant les rites et codes de l'exercice lus dans des revues spécialisées. Pour s'adonner enfin aux jeux de l'amour et du hasard dans son alcôve, en compagnie de cadets impécunieux triés sur le volet, voire même des fils de ces vieux messieurs.

Le visage à peine gâté par un fin réseau de micro-sillons naissants sous une épaisse couche de fond de teint qui peinait à dissimuler la noirceur de son âme, le sourire déformé par un rictus méprisant, Irma, respirant l'intransigeance des cœurs secs et la vénalité des intermédiaires, se sentait néanmoins appelée à une vocation nouvelle. Persuadée d'être venue au monde avec la bosse du commerce, l'esprit d'entreprise chevillé au corps, elle caressait depuis longtemps l'idée de tenir un magasin d'orfévrerie de luxe. Commerce bourgeois qui lui procurerait une meilleure image. Ses relations l'encouragèrent à réaliser ce projet, mais se montrèrent pingres lorsqu'il s'agit de participer au financement du stock et à l'aménagement des locaux. Allaient-ils perdre le contrôle de leur favorite, faire une croix sur leurs menus plaisirs dérisoires ?

La dame eut alors une idée de génie. Elle avait trouvé un « concept », une « niche » qu'elle se faisait fort de mettre au goût du jour en la remodelant habilement : ouvrir dans l'immeuble dont elle venait d'hériter une boutique révolutionnaire de jouets de luxe et produits dérivés animaliers, dans une mise en scène originale et contemporaine. Bâle, la ville-carrefour aux frontières française et allemande, était l'un des principaux centres d'activité de la Confédération. Les rejetons de riches potentats s'y succédaient par vagues au gré de la fortune des nations : enfants de l'oncle Sam, lointains héritiers d'Abdallah [1], petits empereurs post Mao Ze Dong, monde interlope et blasé, ne regardant pas à la dépense, toujours en quête de la dernière nouveauté, si grotesque et inutile fût-elle. Pour Madame Felgenhauer, cette clientèle de rêve était le garant de sa réussite, l'assurance de pouvoir s'offrir à Capri la villa qu'elle convoitait.

*

Dans la vitrine de sa boutique, baptisée « Zum Tierparadies », Irma exposa donc un mélange savamment orchestré de petits animaux vivants, de leurs répliques en peluche et de bêtes naturalisées aux dimensions identiques - synthèse des trois incarnations possibles de la faune, avec en filigrane le mythe prométhéen de l'immortalité et de la renaissance de ces pauvres victimes. La composition de sa devanture était si subtile qu'il était parfois très difficile de distinguer les animaux vivants de leurs fac-similés. En jouant de cette ambiguité, la veuve prétendait valoriser les talents de l'homme - qui excellerait bientôt dans toutes les catégories de la création grâce à la mise en service de clones. Chez Madame Felgenhauer, décidément,

1. Gosse insupportable, dans la bande dessinée *Tintin au pays de l'or noir.*

la transgression tenait lieu de mode de vie ! Il ne lui restait plus qu'à confondre morts et vivants. Elle avait par exemple redonné vie à un corbeau empaillé en le dotant d'une intelligence artificielle, par l'entremise d'un taxidermiste « nouvelle génération ». Les pupilles mobiles du charognard laissaient deviner des facultés cognitives proches de celles de l'homme. Peut-être était-il déjà capable de raisonner ? Il avait même perdu ces mouvements de tête saccadés propres aux oiseaux, au profit d'un paisible dodelinement. Les temps était proches où l'animal pourrait tenir une conversation complexe avec sa propriétaire.

Second credo de Madame Felgenhauer : la réconciliation des espèces. Ni victime, ni prédateur. Seraient donc proscrits les combats des taupes contre les blaireaux, des hérissons contre les couleuvres - espèces fréquemment exposées dans son magasin. L'intention aurait pu paraître louable, si elle n'avait dissimulé un autre dessein : celui de régner sans partage sur une communauté d'animaux certes apaisée, mais amorphe et cédant au moindre de ses caprices.

Là résidait toute l'originalité de son commerce, pour lequel la dame espérait bien obtenir le label envié d'« écologiquement responsable » - sésame de tous les abus. Son budget prévisionnel avait été libellé dans le but de faire un appel du pied aux défenseurs de la nature. Par exemple, dans la colonne des charges, figurait une rubrique « subventions aux associations d'utilité générale », complétée au passif dudit bilan par le concept de « dettes vertes » - habile substitution sémantique aux vulgaires « dettes fournisseurs » - parfaitement hétérogènes, couvrant aussi bien l'acquisition de plantes exotiques que des factures d'électricité particulièrement lourdes.

Pour atteindre cet Eden, aucun animal ne devait se

montrer rétif à de sévères séances de dressage. Ni mesurer plus de vingt centimètres de haut (pour un stockage plus facile). Ce dernier critère supposait pour certaines espèces la capture d'éléments jeunes, arrachés à leur milieu naturel et stoppés dans leur croissance.

Ce petit monde s'agençait autour de perchoirs et de guirlandes, d'herbes synthétiques et de collines en carton-pâte plus vrais que nature. Le voyage d'un petit train électrique dans lequels prenaient place les pensionnaires constituait un spectacle d'environ une demi-heure, donné tous les jours à seize heures. Le tender de la locomotive contenait une boîte à musique diffusant toutes sortes de mélodies du temps jadis. Le convoi ne se contentait pas d'évoluer dans l'espace relativement réduit de la boutique. Madame Felgenhauer, ayant fait jouer ses relations, avait en effet pu obtenir des autorités municipales qu'il empiétât sur le domaine public : ainsi traversait-il l'Andreastrasse, au milieu de laquelle était plantée une gare ressemblant à une construction en Légo, pour pénétrer dans l'annexe du magasin juste en face. Un panneau attirait l'attention des piétons vers ce royaume de l'illusion. Plus tard, au sommet de sa gloire, la commerçante étendit sa ligne de chemin de fer jusqu'à la place centrale du vieux Bâle.

Mais Irma s'enhardit un jour à garnir ses rames de quelques bêtes vivantes. Un perroquet, mal arrimé à l'une des voitures, pourtant jusque-là parfaitement docile, s'envola vers la liberté. Il cotoya longtemps le convoi, et, ô scandale, apostropha violemment son ex-taulière : « Tu m'as tué, vieille sorcière ! » Ce premier couac dont s'esclaffèrent quelques badauds sceptiques, sema le doute sur l'honnêteté et les objectifs véritables d'Irma Felgenhauer, qui enchaînait promotions et événements.

Elle n'en fut pas moins élue à l'unanimité ambassadrice des commerçants bâlois à la foire internationale de New York. Elle y présenta une ville en réduction, - qui évoquait naturellement celle de Bâle - peuplée de ses pensionnaires. Chaque personnage y prenait une apparence animale. Certaines de ces malheureuses bêtes avaient fait l'objet de manipulations génétiques visant à brider leur croissance. Le boucher était un porcelet à peine sorti du ventre de sa mère, les serveuses de bar étaient des poules naines, et les citoyens ordinaires des poussins. Pour les banquiers, ses obligés, elle avait dû renoncer à faire miniaturiser le roi des animaux.

Elle se fournissait chez Sturm, célèbre firme située à proximité dans le Bade Wurtemberg, pour ce qui concerne les jouets, et dans les champs et collines du canton - plus rarement dans les Monts du Jura - pour les animaux vivants. Sa réputation devint si prestigieuse dans la profession, qu'elle imposa ses diktats. La marque allemande plus que centenaire se vit dans l'obligation de fabriquer des jouets en peluche selon des patrons exclusifs dessinés par Irma d'après les espèces vivantes de son magasin. Pour parfaire ses esquisses et mieux harmoniser les couleurs, elle embaucha un designer bien en cour chez les grands couturiers. Sturm n'eut qu'à bien se tenir et exécuter les commandes sans sourciller. Son image, en perte de vitesse, en dépendait.

Le respect affiché de Madame Felgenhauer pour la faune et ses richesses était en réalité parfaitement subordonné à son intérêt mercantile. Le week-end, solitaire, notre commerçante sillonnait à pied la campagne du Canton de Bâle à la recherche de ses futurs captifs. Armée d'une carte d'état-major et d'un filet à papillons, coiffée d'un chapeau de toile cirée imperméable à larges bords, elle passait au crible chaque pouce de terrain. Brisant les mottes de terre d'un coup de canne ferrée et furetant dans les terriers, elle finit par devenir une véritable poële à frire quant à la détection de petites bêtes rares. Irma s'en prenait également à des espèces protégées, comme le hérisson, ramassé à l'abri des regards indiscrets, pris dans des pièges qu'elle avait posés aux endroits stratégiques recommandés par des chasseurs-braconniers. Dès que son activité prit de l'ampleur, Irma Felgenhauer mailla son territoire d'un réseau d'agriculteurs, rétribués en fonction d'objectifs prédéterminés. Chaque mois, elle organisait une réunion de son « amicale » dans la salle à manger de l'un d'entre eux, décorée de têtes de cerfs et autres cruels trophées.

Elle ramenait ses prises souvent blessées dans un cabas insonorisé, comme une voleuse, puis les entreposait dans son arrière-boutique, en vrac, avant de les nettoyer au jet d'eau, sans beaucoup d'égards. Dans ce lieu insalubre où s'empilaient linge sale et boîtes de conserve avariées, la boutiquière leur faisait avaler une potion qui les faisaient se tenir tranquilles. Car la Felgenhauer s'était adjoint les services d'un vétérinaire dévoyé : pour les prisonniers maintenus en état de dépendance, Arnold Kleinstein concoctait une camisole chimique composée pour partie de mixtures lénifiantes - à base de camomille et de cannabis -, et pour partie de drogues dures. (Ce prince de l'alambic et de la seringue finit par être radié de l'ordre et condamné quelques années plus tard pour escroquerie, torture d'animaux et exercice illégal de la médecine).

*

Ce fut à l'occasion de l'une de ses sorties dominicales délictueuses que Madame Felgenhauer mit la main sur Petit Nounours. Notre pauvre petit rien, exténué, dormait profondément, du sommeil du juste ou du désespoir - à moins qu'il ne fût déjà dans un état semi-comateux - là où nous l'avions laissé : recroquevillé dans un coin de champ de maïs détrempé, encombré d'épouvantails et bourré de pesticides propres à éradiquer toute vie souterraine, à quinze kilomètres de la ville de Bâle.

D'emblée, la commerçante jugea sa pêche miraculeuse. Un ours nain, ma parole ! C'était à peu près comme si un quadripède vivant de l'ère secondaire était réapparu en Suisse. Sauf qu'aucune encyclopédie n'avait jamais répertorié de plantigrade d'aussi faible gabarit. (L'homme avait bien inventé le dahu et la licorne, mais l'ours nain était le fruit d'un autre processus : l'arrêt définitif du développement de l'animal. Petit Nounours résultait-il d'un bug génétique, ou avait-il, à son insu, absorbé un inhibiteur de croissance ? Décidément, ô Grande Ourse, la Terre féconde n'avait pas fini de livrer ses secrets ! La réputation de la commerçante était donc assurée à peu de frais, tant sur la scène des affaires que celle de la science.

Ayant quelque peu repris ses esprits, le petit mammifère se montra aussi éteint que fataliste. Il ne cilla qu'au bout de cinq longues minutes, s'attendant au pire. Quelle était cette dame fardée, au sourire faussement avenant, dont l'ambition semblait dévorer les entrailles ? Cherchant à l'amadouer, Petit Nounours lui tendit timidement la patte, en signe de concorde, sans méfiance ni animosité. La Grande Ourse, qui lui avait sûrement imposé cette nouvelle épreuve, finirait bien par se montrer à lui dans sa splendeur, et lui trouverait une retraite salvatrice. À moins qu'elle ne fût l'inspiratrice d'Irma, sa nouvelle maîtresse ? Après tout, cette bonne dame était peut-être une envoyée sur Terre de la Grande Ourse ? Ou bien la Divinité protéiforme - qui s'attachait aux pas de son sujet, le surveillait et lui dictait sa conduite à tout moment - voulait-elle éprouver sa résistance par de multiples obstacles et calamités toujours plus inattendus et déconcertants ?

Madame Felgenhauer, alors au zénith de sa carrière, mit tout de suite en œuvre une stratégie, reposant sur la présentation en grande pompe de Petit Nounours à l'Académie des sciences de Berne : sauf-conduit d'excellence pour ses activités occultes et ses pratiques inavouables, qui valait aussi reconnaissance et officialisation de son apport fondamental à la zoologie.

Selon le rapport hautement édifiant de la commerçante, elle avait surpris l'animal au fond d'une vallée, sanglotant et appellant à l'aide, se contorsionnant, angoissé, à bout de forces, au cours de l'une de ses randonnées dans les Alpes. Son instinct maternel inné, frustré par son défunt époux qui ne désirait pas d'enfant, avait vibré, la poussant à soigner la petite bête, la couver comme sa propre progéniture, y consacrant sa vie. Puis, sans transition, on passait aux choses sérieuses. Le comité d'experts de l'institution pressa la sainte femme de lui faire don de ce spécimen rare, à fin d'étudier de près ses particularités. (Sans, naturellement, porter atteinte à son intégrité corporelle, l'ours enfant serait découpé en tranches par un scanner 3 D). Et, fait unique dans les annales de l'institution, Irma Felgenhauer fut cooptée au sein de ce cénacle de savants, en tant que consultante - titre ronflant que l'Académie avait emprunté au monde de l'entreprise et de sa sacro-sainte communication. Ayant porté une appréciation dithyrambique sur sa connaissance du terrain, ces hommes éminents trouvaient en effet enrichissante la présence de cette dame à leurs conclaves : la faconde d'Irma les détendrait un peu, et faciliterait grandement la vulgarisation des travaux de l'Académie. Ils comptaient aussi sur Madame Felgenhauer pour décrire précisément le mode de vie du petit ours - ses habitudes alimentaires, sa motricité, ses cycles de sommeil, sa respiration, ses borborygmes, les mouvements de ses petites oreilles, ses tics éventuels, etc, etc… - en remplissant une feuille d'observation, comportant une multitude de paramètres. Si nos homo sapiens tablaient d'abord sur leurs propres certitudes, le savoir empirique de la commerçante constituait à leurs yeux un complément inestimable.

Mais Irma la douce n'avait que faire des honneurs de la science. Son avocat, conseiller bénévole, consentit à un simple prêt d'un mois contre rémunération. L'entretien de Petit Nounours avait été coûteux, ses caprices ruineux. Sa cliente revendiquait en outre la perception de royalties sur les communications rédigées pour le compte de revues de prestige.

Petit Nounours fut donc mis en observation dans un centre de recherche et cantonné dans une pièce stérile. Par mesure de précaution, on l'enferma dans un gros tube de plastique transparent, percé de trous d'aération. Comme le Petit Chose se cabrait, se refusait à toute intubation et se roulait en boule, on dut l'immobiliser manu militari, dans la paume de la main d'un infirmier. Il subit une micro-incision au niveau de l'estomac. Un robot chirurgical se chargea de l'opération, caressant Petit Nounours de ses doigts de métal à la texture presque humaine. D'un minuscule morceau d'organe furent extraites quelques cellules sanguines. Puis, le coiffeur attitré de l'Institut rasa la partie ventrale du pelage de l'ours nain, afin d'en analyser la substance et de déterminer l'âge du sujet… Il n'était plus rien, qu'un petit corps flageolant strié d'égratignures.

Conclusion : l'arrêt de la croissance du petit mammifère demeurait une énigme, mais, fait tout à fait extraordinaire, chez l'ours-nain, le processus de division des unités biologiques de base et leur autodestruction programmée étaient absents. Autrement dit, l'arrêt définitif des mécanismes présidant à son vieillessement était avéré. Et pourquoi pas - théorie chère à la commerçante - son immortalité. Franchissant un nouveau cap, l'un des chercheurs envisagea la possibilité d'effectuer une « inversion de l'âge » du petit animal, cure de rajeunissement qui aurait pour effet de lui faire remonter le cours du temps. Affaire de généticien et manipulations de laboratoire.

Autre découverte stupéfiante relative à la nature des articulations liant les quatre pattes au tronc de Petit Nounours : c'étaient de vulgaires tiges de métal. L'animal était en outre, à l'instar de l'éléphant, porteur du gène P53, l'empêchant de contracter un cancer. Enfin, son cœur battait si lentement que les doctes spécialistes doutaient fort que ce petit ours pût mourir d'une maladie cardio-vasculaire. Seules l'oursinite, c'est-à-dire la perte de sa fourrure par plaques - affection gravissime génératrice d'une paralysie du système nerveux central -, ainsi que la coussinette - usure des coussinets des pattes, par suite de laquelle la porosité de sa peau de bébé risquait la contamination foudroyante de son organisme par des virus - pouvaient lui être fatales. À cet égard, le comité d'expert suggéra à Madame Felgenhauer de le placer sous surveillance médicale et de lui confectionner de petits chaussons. Il lui recommandèrent de l'entreposer dans un espace plutôt chaud et humide, et de lui appliquer régulièrement une huile lubrifiante destinée à nourrir son épiderme, qu'ils lui remirent en mains propres.

Cette expérience chirurgicale traumatisante laissa cependant à l'animal des séquelles d'ordre psychologique, ajoutant à son désordre intérieur : dans ses cauchemars, le petit mammifère se voyait maintenant fréquemment nu comme un cadavre, tandis que des hommes en blanc lui présentaient un cercueil ouvert, en se moquant de lui d'un air sardonique. Il se réveillait la nuit la truffe et le pelage mouillés d'angoisse. Et personne n'était là pour le réconforter.

*

Lorsqu'elle récupéra « sa petite bête » (comme elle se plaisait à la nommer), Madame Felgenhauer entreprit de parfaire son éducation, en procédant au dressage méthodique du petit mammifère dans l'arrière-boutique. Elle lui apprit d'abord à coexister avec ses compagnons d'infortune, sans broncher, avec interdiction de répliquer en cas d'éventuelle agression. Puis elle tenta de lui inculquer de bonnes manières : courbettes obséquieuses - qu'il ne réussit jamais à effectuer -, et marche au pas de l'oie. Il parvenait à adopter ce mode de déplacement à priori en phase avec l'aspect mécanique de ses mouvements, lorsqu'il était assuré de ses appuis, à la manière d'un soldat de plomb sorti de sa boîte ou d'un jouet téléguidé, non sans un déhanchement qui l'empêchait de contourner les écueils en souplesse. Petit Nounours devait aussi se forcer à sourire aux clients et à les amuser en tirant sa langue pointue. Déchirant sacrilège, peut-être plus encore pour un animal aussi obstinément introverti. Plusieurs séjours prolongés dans l'obscurité d'un cagibi puant ne suffirent pas à le faire abjurer. Il se convainquit seulement qu'il n'était pas la seule victime de cette punition infâmante.

En désespoir de cause, Madame Felgenhauer le plaça dans sa devanture, sans plus rien exiger de lui. Mais elle tenta un dernier subterfuge pour renforcer l'attractivité de l'animal : elle le contraignit à porter des lentilles de contact fluorescentes, technologie récente qui permettait aux myopes de doubler la portée de leur vue, et agissait comme un rayon laser à infrarouge la nuit. Muni de ces lentilles, on pouvait donc voir et surtout être vu, vingt-quatre heures sur vingt-quatre : Petit Nounours assurait ainsi sa promotion d'une manière inédite. Son extraordinaire originalité corporelle, et, paradoxalement, sa timidité, feraient le reste, emportant les suffrages. (D'où les prétentions de sa propriétaire à tirer de sa vente un prix exorbitant). Ultime atteinte à l'intégrité physique de l'animal, la commerçante avait affiché son prix sur une étiquette agrafée à l'une de ses oreilles, qui, à la différence d'une boucle, exerçait une pression insupportable sur l'organe du petit ours.

Du lever du soleil à son coucher, Petit Nounours restait debout, immobile, dans la vitrine, ébloui par deux spots croisés. Il ne pouvait pas même échanger quelques grognements avec ses voisins : une perruche empaillée d'un côté, et un mulot en mohair de l'autre. Du reste, dans cette maison de fous, chacun se méfiait de l'autre et les règlements de compte n'étaient pas rares, malgré les consignes de la patronne. Vers quatre heures de l'après-midi, Madame Felgenhauer venait tirer les oreilles de l'ours nain afin qu'il s'animât un peu et consentît à dodeliner de la tête. En vain. Il retombait dans sa léthargie coutumière, attendant sa pitance on ne peut plus sommaire, bouillie d'épinards et de sardines à l'huile (Madame Felgenhauer avait lu quelque part l'appétence des ursidés pour le poisson) dont elle le gavait à la cuillère, et presque entièrement recrachées. Le dimanche, la pingrerie de la commerçante condamnait le petit ours à avaler un méchant petit pot de miel de synthèse d'origine asiatique - meilleur marché -, bourré de glucose et de conservateurs. Le soir, extinction des feux à dix-neuf heures. Petit Nounours réintégrait son cachot : une boîte à chaussures rangée dans une armoire pleine de cancrelats. De sorte que le pauvre animal devint progressivement claustrophobe.

*

Le temps passait inexorablement. Ayant acquis une grande renommée, Madame Felgenhauer avait été primée à un concours. « Zum Tierparadies » était le premier magasin de jouets high-tech européen. La rombière avait ouvert des succursales à Londres et Berlin, selon le modèle qui avait fait sa notoriété dans la cité d'Euler.

Pourtant, la Doctoresse Honoris Causa - distinction honorique dont s'enorgueillissait maintenant Irma - s'impatientait. Elle réalisait parfois des ventes à des prix astronomiques, mais globalement, son exploitation n'était pas rentable. Son commerce d'animaux vivants connaissait plus qu'un succès d'estime, mais il était grevé de charges. Les frais d'entretien quotidien, plus encore les dépenses de santé de son cheptel vivant - des corps palpitants qui faisaient jubiler un certain public venu les palper - pesaient sévèremment sur le budget de la commerçante. Il fallait vacciner régulièrement tous ces pensionnaires, leur faire suivre un régime alimentaire adéquat, etc... Irma croulait sous les vérifications tâtillonnes de l'administration sanitaire du canton, qui effectuait des contrôles hebdomadaires.

Et puis, une enquête courait, relativement à ce flux incessant d'animaux dont les autorités ne comprenaient pas bien l'origine. Les inspecteurs fédéraux avaient relevé les absences dominicales de l'intéressée. À quelle tâche se livrait-elle les jours de fermeture du magasin ? On ne lui connaissait aucune amitié élective dans la partie campagnarde du canton. Quelques investigations auprès du voisinage et de ses anciens amants furent diligentées. Suspectant on ne sait quel trafic, la police décida de la faire suivre. Filature qui s'avéra difficile, car Irma, méfiante, tournait en rond en marquant de longs arrêts dans des auberges. Elle y entrait souvent par une porte pour en sortir par l'autre, dérobée. Ou bien elle changeait subrepticement de moyen de locomotion, abandonnant la marche à pied pour le scooter. Moyennant quoi, elle lassa plus d'un de ses « anges gardiens ». Convoquée au siège de la police cantonale, ses explications embrouillées ne convainquirent personne : elle prétendait pratiquer l'élevage, sans soustraire les bêtes à leur milieu naturel, se bornant à prélever au compte-gouttes la souche reproductrice dans les champs et forêts.

La claustration dont pâtissaient ses reclus avait également des effets pervers : le héron perdait ses plumes et la musaraigne se grattait jusqu'au sang. Une pléiade d'éthologues avait supplié leur patronne d'organiser pour eux des excursions hebdomadaires. Pour sécuriser ces mises au vert, il suffisait d'affréter un car, ou tout simplement une charrette, que les Amis de la Nature de Bâle se feraient un plaisir de mettre à sa disposition. Mais ces sorties devaient être encadrées par un personnel spécialisé, capable de « gérer » les pulsions imprévisibles de cette faune.

Enfin et surtout, Madame Felgenhauer était confrontée à une avalanche de procès d'acquéreurs mécontents : un de ses perroquet avait pincé les fesses d'un enfant, un raton laveur avait mis sens dessus dessous la propriété d'une personnalité en vue, et, plus grave encore, un magnifique blaireau au poil argenté, l'un des clous de sa collection, avait transmis un virus à tous les membres d'une famille nombreuse. Atteints d'un mal qui s'apparentait à la petite vérole, leurs photos avaient paru dans la presse à sensation.

Irma passait le plus clair de son temps au tribunal, protestant de ses bonnes intentions. En dépit de ses arguments - essentiellement des décharges signées par les acquéreurs - les juges considéraient sa responsabilité engagée dans la garde des animaux, et plus encore, étendue au-delà de la date de transfert de propriété, pour ce qui est du comportement de l'animal vis-à-vis de l'acheteur. Le fait de vendre des bêtes prétendument apprivoisées se retournait maintenant contre la commerçante.

*

Aussi, la dame songea-t-elle à se débarrasser de cet encombrant mini-ours, par exemple, de la manière la plus expéditive. Précisément au moment où Maxime, jeune conservateur frais émoulu du Musée d'histoire naturelle de Paris, envisagea d'assister à un congrès dans la patrie de Léonhard Euler.

Le prix de l'animal ayant été fixé à un niveau proprement inabordable, les acheteurs ne se bousculaient guère. Madame Felgenhauer trouva alors un biais : elle organisa une vente aux enchères, dans l'intimité de sa salle à manger. Ce jour là, quinze acquéreurs potentiels présélectionnés sur dossier - éviter les faux-nez de la police ou d'autres contestataires était impératif - se réunirent dans cet intérieur petit-bourgeois, encombré de meubles Napoléon III et d'une horloge disproportionnée aux dorures extravagantes. Au douzième coup de midi, le sort du petit mammifère fut scellé.

Maxime faisait partie de ce groupe, composé de femmes du monde piquées d'exotisme, en mal d'affection ou de reconnaissance. Le jeune conservateur était passé par hasard devant la vitrine et l'expression de Petit Nounours l'avait bouleversé. (Ce jour-là, la commerçante, dans un ultime effort de promotion, avait cerclé le cou du petit mammifère d'un collier à grelot. La ménagerie de la Felgenhauer en avait été sourdement perturbée. Le perroquet rabâchait au pauvre plantigrade : « Nounours fait la tête », tandis qu'une souris, affolée par cet attirail, se mordait compulsivement la queue). Lui-même ne pouvait personnellement concourir, puisque tous ses avoirs ne dépassaient pas le dizième de la mise à prix initiale de Petit Nounours, mais l'Académie des sciences avait forcé Irma à l'admettre en tant qu'observateur. Profitant de l'inattention de Madame Felgenhauer, polarisée par l'organisation de l'opération, Maxime ouvrit subrepticement les portes de la boutique, afin que des prisonniers pussent s'en échapper, qui allèrent se cacher dans des caves d'immeubles, ou dans les égouts de la ville, pour remonter à l'air libre dans leurs lieux de vie originels. La grande évasion en quelque sorte.

La séance des enchères débuta, mollement et sans entrain. Madame Felgenhauer tenait en main un petit maillet en bois de frêne sur lequel, avec son sens inné de la mise en scène, elle avait fait graver la devise : « Commerce et Justice ». La teigne avait également disposé un sablier sur un tabouret surélevé et accroché au mur un tableau noir permettant de suivre l'évolution des prix.

En préambule, la commerçante fixa les règles du jeu, strictes, avertissant notamment les participantes de l'obligation de régler cash leur achat. Chacune des enchérisseuses disposerait d'un droit de rétractation de dix minutes - ce qui, dans l'esprit d'Irma, permettrait aux concurrentes de réfléchir, et espérait-elle, de prolonger la foire d'empoigne. À titre d'encouragement, la Felgenhauer offrit un rabais de dix pour cent à l'heureuse gagnante se portant acquéreur au premier coup de marteau. Puis, maligne, elle servit à l'assistance un verre de porto, afin de réchauffer l'atmosphère, mais aussi d'atténuer son sens des réalités. Du coup, ces mijaurées s'abimèrent en piaillements futiles et dérisoires, en exclamations haut perchées, agitant leurs poudriers : quel ravissement pour leurs enfants que cet ours miniature, curiosité d'un autre âge !

Petit Nounours trônait au milieu de la table, cerné par ses futures maîtresses. Impavide, les bras ballants, la mine résignée, il attendait le verdict. Chacune de ces dames aurait voulu le palper. Certaines avaient même apporté des friandises pour l'apprivoiser. D'autres, le prenant pour ce qu'il n'avait jamais été - une poupée - comptaient le parfumer.

Les questions fusaient. De quel bois cet ours nain était-il fait ? Son pelage semblait usé : était-ce normal ? Quel était le rythme de ses promenades ? De quoi fallait-il le nourrir ? Irma ne savait plus où donner de la tête. Lorsqu'elle rapporta les conclusions des experts de l'Académie des sciences, nos quinze enchérisseuses ne purent s'empêcher de pouffer de rire. Petit Nounours, immortel ! Quelle faribole ! Cette bonne femme n'était qu'une aventurière sans scrupules !

Maxime restait de marbre. Se tenant à l'écart du brouhaha, il attendait son heure en observant discrètement le comportement du petit animal. Le jeune conservateur avisa l'une de ces femmes, un peu moins stupide que les autres, et lui proposa d'agir pour son compte - afin de donner le change à Irma. Il s'employa à ralentir la montée du coût de l'ours nain, par des enchères à peine supérieures aux précédentes. La séance se prolongea donc. Certaines de ces dames étaient pompettes. On perdait un temps précieux en niaiseries. Les prix ne montaient que très lentement.

Soudain, le petit animal se mit en mouvement. Il se dirigea à petits pas déterminés vers Maxime et s'arrêta face à lui, tout près, le regardant fixement. Le jeune conservateur, très ému, décela dans les yeux de l'ours enfant une semi-cécité. Ses deux cornées étaient visiblement entravées par des lentilles de contact d'un genre spécial - un handicap et une souffrance pour la vision de près. Maxime se demanda si la boutiquière était l'auteur de cette maltraitance.

En signe de bienvenue, Maxime caressa doucement la truffe de Petit Nounours. Et l'animal, rassuré puis conquis, se lova dans la paume de sa main, bailla et s'endormit. En définitive, le petit ours avait lui-même choisi son protecteur et père de substitution, homme juste et bon, dont il devinait la sève de belle nature.

Nos femmes du monde se levèrent alors, dans un bel ensemble, et prirent la porte sur le champ. Madame Felgenhauer se trouvait dans une situation inconfortable. Silencieux jusqu'au bout, le jeune conservateur avait été un enchérisseur dérisoire, et par procuration. Devait-elle lui céder le trublion ? Et à quel prix ? On commença par se jauger, discutant du sexe des anges. Très vite, Maxime chercha à connaître les sources d'approvisionnement du magasin. Question délicate entre toutes. Irma minaudait et se contorsionnait, avec, à l'évidence, le désir de changer de sujet. Mais lorsque le jeune homme fit allusion à ses fonctions professionnelles, la Felgenhauer rabattit brutalement son caquet : trop dangereux, de se confronter à un homme forcément proche des défenseurs de la nature. D'un grand geste théâtral, elle lui céda l'animal pour le franc symbolique. Selon elle, c'était un personnage imprévisible et indomptable.

Maxime quitta les lieux précipitamment. Entretemps, Petit Nounours, épuisé par tant de péripéties, avait trouvé refuge dans son gilet. Dans cette tiède atmosphère, le petit animal se sentait un peu comme dans le ventre de sa mère - lui dont la filiation n'avait jamais été établie. Seule sa tête dépassait. Pour la première fois de sa vie, l'ours enfant entrouvrit sa gueule et laissa deviner un petit bout de langue.

*

Du magasin d'Irma Felgenhauer, il ne resta plus grand-chose. Sa vitrine, chamboulée par la fuite d'un grand nombre de pensionnaires, n'était plus qu'un champ de ruines. Des odeurs de déjections saturaient l'atmosphère, des animaux empaillés tombés des étagères jonchaient le sol, disloqués. Dans l'entrée, des rats des champs avaient fini par venir à bout d'une latte du parquet et creusé un grand trou. Le petit train électrique servant à transvaser ses bêtes du magasin principal à l'entrepôt d'en face était tombé en panne. La miniaturisation des pièces de la locomotive empêchait toute réparation.

Au départ de Petit Nounours, la vieille mégère avait été dans l'incapacité de faire régner l'ordre, en ce lieu de désespérance, comme si l'ours nain en avait constitué le point de rupture.

***

III - MAXIME

Calé contre le hublot, l'ours enfant était subjugué par le spectacle qui s'offrait à lui.

De gros nimbus, suivis d'une armada de cumulus - leurs frères ennemis - défilaient devant ses yeux écarquillés, certains naviguant à vive allure, d'autres, bedonnants, allant leur train de sénateur. Des jets de vapeur s'en échappaient à intervalles réguliers, comme d'une vieille locomotive, sans que leur volume n'en fût modifié. Petit Nounours se demandait par quel miracle ces gros édredons parvenaient à garder le cap. La composition de ces masses bourgeonnantes l'intriguait au plus haut point. Pour quelles raisons, par exemple, étaient-elles dépourvues de membres, et se désintégraient-elles de proche en proche ? Il en conclut que la Grande Ourse devait avoir ses raisons. Elle ordonnançait cet univers d'en haut selon une parfaite géométrie.

La déesse tutélaire de son espèce lui apparut alors, vaguement. D'une sorte de vaste peau de chamois râpeuse ou houppelande brun clair aux bords effrangés, voguant invisible tel un vaisseau fantôme dans les profondeurs stratosphériques, se déployant et se contractant sans cesse, émergeaient sur les côtés deux pattes lisses, gros appendices boursouflés un peu évanescents. En son centre brillait une Face floue, aux yeux gélatineux, ronds et perçants.

La Déesse primordiale s'était un jour extraite des entrailles de la Terre, dans des temps très anciens. Au mont Zeda, en Italie, la montagne s'était entrouverte dans un immense fracas pour lui livrer passage, puis s'était refermée instantanément sans laisser de trace. De temps à autre, l'un de ses défunts sujets était aspiré à une vitesse supersonique et rejoignait son Royaume. Dès son arrivée, l'individu était pris en charge avec soin. En gage de bienvenue, on lui ceignait la tête d'une couronne de fleurs. Il devait apprendre à se tenir droit. Suivait l'enseignement de quelques cantiques à la gloire de la grande communauté des ursidés. Enfin, une équipe de volontaires s'assurait de sa motricité, avant de le peigner artistement (il leur fallait tour à tour redresser le poil couché et lisser le poil hérissé de la toison). À l'issue de cette préparation, l'impétrant, paré de ses atours les plus séduisants, comparaissait devant la Grande Ourse en personne. Elle le soumettait à un interrogatoire en règle, les yeux dans les yeux. Et gare à l'imposteur ! D'instinct, la Déesse détectait le mensonge. Le candidat s'était-il montré solidaire des membres de sa tribu ? Quel type de relations avait-il entretenu avec l'homme ? Avait-il respecté le régime alimentaire inhérent à l'espèce ? En un mot, était-il sain de corps et d'esprit ? Dans son infinie bonté, la Grande Ourse acceptait la quasi-totalité des postulants. Elle surveillait la pression atmosphérique et évaluait chaque nouvel arrivant, avant de l'incorporer à un groupe en affinité avec son caractère, dans l'une des trois catégories : les Valeureux, les Suiveurs et les Indolents. Le premier ordre émettait des avis sur toutes sortes de sujets. En dépit de leur caractère consultatif, la Divinité tenait grand compte de ses conseils. À cette aristocratie qui ne disait pas son nom, les Suiveurs s'employaient à fournir des rapports documentés. Quant aux Indolents, leur tâche consistait à préparer les réjouissances et cérémonies qui rythmaient la vie du Royaume. (L'observation de nombreux rituels maintenait la cohésion des membres de la communauté, souvent dispersés aux quatre coins de l'espace). Seuls quelques très rares infâmes aux pattes griffues, à langue pendante et fourchue - signe de méchanceté - étaient répudiés. Leurs dépouilles étaient réduites en charpie avant de retomber sur terre. Aux pieds de la Divinité, en revanche, coulaient des rivières de miel. Ses enfants méritants s'y abreuvaient sans retenue. Quelques bancs de petits poissons purement décoratifs frétillaient gaiement en leurs fonds. Les élus de la Grande Ourse pouvaient même goûter à l'ivresse de la vitesse, en embarquant sur quelques nuages intrépides, réputés pour leur fiabilité. Les ours nominés accomplissaient ainsi des voyages lointains, découvraient d'année en année de nouveaux systèmes solaires, au rythme des explorations lancées par la Grande Ourse. Les plus entreprenants y fondaient des colonies, d'autres se bornaient au rôle de vigie solitaire, signalant au Centre le passage de météorites ou d'autres masses rocheuses redoutables. Le domaine de l'Ours s'étendait ainsi peu à peu, et cet ancien roi des animaux y rétablissait ses prérogatives. Pour ces bienheureux, la Terre n'était plus qu'un petit point à l'horizon, sans importance.

Pour Petit Nounours, l'enjeu était ailleurs : il comptait sur l'Excellence pour lui révéler l'histoire de ses ancêtres, et le mystère de sa naissance hors normes. Pour le faire parvenir à maturité, en somme, et lui attribuer une place en rapport avec ses capacités.

*

L'hôtesse de l'air, venue servir une collation à Maxime, remarqua immédiatement la présence insolite du petit mammifère. Interloquée plutôt que réellement furieuse, elle signifia sèchement à son détenteur l'interdiction du transport d'animaux. Ce « machin-là », gronda-t-elle entre ses dents, aurait dû voyager en soute. À défaut, il devait être attaché par un collier clouté à la poignée de la valise du voyageur, ou à la rigueur être rangé dans le coffre à bagages de la cabine. Sentant son hostilité, Petit Nounours se raidit. Ses yeux de verre transparents réfléchissant la lumière lancèrent des éclairs, si intenses que la jeune femme, effarée, se confondit en excuses. Ce petit nounours ne devait être, au fond, qu'un jouet en peluche, ou un automate de dernière génération. Comme de nombreux adultes, son propriétaire possédait une mascotte, part d'enfance inachevée.

Aucun nouvel incident fâcheux ne survint pendant la traversée, si ce n'est l'intrusion d'une femme et son bébé, incorrigible enfant qui s'employa à gratter le ventre de l'ours nain et à lui arracher méthodiquement les poils. Le petit mammifère ne s'en laissa pas conter : il échappa à ces mauvais traitements en empoignant le maigre duvet blond qui couvrait le crâne du bébé, et en titillant le nombril de son persécuteur. L'enfant souffrit de telles convulsions que sa mère, outrée, préféra changer de place sans demander son reste.

Épisode futile auquel Maxime ne prêta qu'une attention distraite. Car en cet instant, seul l'avenir de Petit Nounours le tracassait. Tentaculaire et pleine d'obstacles en tous genres (bouches d'égout et caniveaux, vélos et patinettes), la capitale engloutirait l'ours enfant. L'intensité de ses émissions sonores le déstabiliserait et dérèglerait son métabolisme. L'animal y serait complètement désorienté, il chercherait à s'évader hors les murs. Le macadam gâterait ses coussinets, faisant de lui un impotent. Le Petit Chose serait un objet de curiosité malsaine pour un public avide de nouveauté. D'ailleurs, Paris était une... jungle ! L'enlèvement de l'ours nain n'était pas non plus une hypothèse à négliger : le jeune conservateur craignait de le voir disparaître brutalement pour être monnayé à l'autre bout du monde au profit d'une riche famille d'oisifs...

*

En dépit de ses inquiétudes, Maxime voulut tester les capacités de résistance du petit animal, quelques jours après son arrivée à Paris. Il le lâcha quelques instants sur le trottoir de la place de l'Opéra. Catastrophe ! Au bout de quelques pas, Petit Nounours suait à grosses gouttes. Les caniveaux aux odeurs pestilentielles de Zurich devaient lui remonter à la mémoire. Un pitbull l'agrippa au cou. Au contact de cette hideuse caricature de chien, l'ours nain se mit à trembler comme une feuille, la panique brouillait son regard. Le jeune conservateur fit alors maîtriser la bête furieuse par son propriétaire, s'accroupit et ouvrit la poche de sa veste afin que l'ours nain pût y trouver refuge et se soustraire aux turpitudes du monde.

Que faire ? Loger le petit mammifère dans un recoin de la Grande Galerie du Muséum d'histoire naturelle ? Inenvisageable ! Ambiance morbide. Vaste salle peuplée de momies. Royaume de l'éternité. Silence à peine troublé par quelques craquements d'os et de boiseries rappelant au public l'âge canonique des locaux et l'anéantissement de ces animaux fossilisés. Enveloppes charnelles dénuées d'aspérité, cirées par des équipes d'entretien ou réduites à l'état de squelette. Structures osseuses liées par des tiges de métal, qui rappelleraient à l'ours nain l'assemblage de ses propres membres. (Cette dernière particularité du reste, interpellait le jeune conservateur : annonçait-elle l'avenir d'espèces manipulées par la science ?). Penser constamment aux cent milliards d'êtres vivants enterrés dans les cimetières et les tréfonds de notre planète, les comparer à la petite minorité encore en vie, s'agitant, dérisoire, à sa surface, était un non-sens auquel l'ours nain, hanté par l'au-delà, ne survivrait pas.

Aussi « Petit Homme », affectueux sobriquet octroyé ultérieurement par l'animal à son protecteur, se mit-il en quatre pour organiser la vie quotidienne de l'ours enfant, afin que le pauvre hère accédât à une certaine forme de sérénité, se guérît enfin de son fatalisme. Finalement, Maxime décida d'envoyer Petit Nounours à la Ménagerie du Jardin des plantes, zoo qui, rappelons-le, jouxtait son lieu de travail et en constituait l'antinomie : comment une vie foisonnante et débridée pouvait-elle être aussi proche d'un tel néant ? Noir et blanc saisissant. Car les pratiques de cette grande cage à animaux avaient été sérieusement amendées au début du siècle. Certes, les pensionnaires du zoo y séjournaient toujours ad vitam æternam reclus derrière des palissades grillagées (fait rarissime, un troupeau d'antilopes avait néanmoins été réintroduit dans son milieu d'origine depuis peu), mais la direction se piquait de respecter le nouvel article 515-14 du Code Civil, imposant le respect « dû à ces êtres vivants doués de sensibilité », mesure réformiste encore contestée par des associations qui exigeaient la personnalité juridique à part entière. Dans cette perspective, quelques naturalistes égayaient leurs « hôtes » en fonction des aptitudes de chacun. Ils les invitaient à entendre des concerts leur rappelant leur pays natal, comme par exemple le *Concerto pour Tapirs et Toucans*, pot pourri des vibrantes cacophonies de la forêt amazonienne, ou bien *Les Appels de la Savane*, subtil mélange de barrissements d'éléphants et d'aboiements de babouins en rut. À titre expérimental, des soigneurs sélectionnés par concours nationaux s'escrimaient à scénariser des ballets, dont singes et volatiles étaient les danseurs. Des primates malicieux se transformaient en mimes savants et des aigles volaient en formations parfaitement synchronisées dans une immense volière à structure de carbone léger. Dans le même ordre d'idées, des écrans de télévision diffusaient en boucle des reportages dans la cage des grands fauves, émissions censées initier ces félins aux us et coutumes de leur congénères vivant encore en liberté : incitation à réactiver leurs réflexes émoussés, et en particulier leur libido. Les animaux, gavés de scènes de sexe et de chasse, subissaient un matraquage et une aliénation à peine déguisée. Les grands mammifères comprenaient-ils ce que l'on attendait d'eux ? Faisaient-ils le lien entre leur personne et ces animaux évoluant dans des paysages qui leur étaient étrangers ? Ces reportages étaient, tout au plus, porteurs d'espoir : renaissance et remise en liberté progressive du cheptel.

*

Maxime prit contact avec l'une de ses relations, directeur adjoint de ce zoo, rebaptisé « Garderie » par euphémisme complaisant. Homme pondéré, que la personnalité iconoclaste du jeune conservateur étonnait chaque jour davantage et séduisait secrètement, il accepta de prendre en charge Petit Nounours, n'ignorant rien des obstacles auxquels il serait confronté. À partir des données communiquées par Maxime sur les spécificités de l'ours enfant, il choisit de le confier à l'une de ses jeunes animatrices particulièrement sensible et efficace - la plus douée de ses stagiaires peut-être, la plus exigeante vis-à-vis d'elle-même certainement.

Étudiante à l'École vétérinaire de Maisons-Alfort, Stresa avait acquis l'expérience du terrain en Extrême-Orient, dans l'île des Diables Verts, zone tropicale humide exposée à des cyclones dévastateurs et à un déboisement intensif. Un petit paradis de la biodiversité où la jeune femme, membre d'une association d'activistes, s'était heurtée à l'agressivité des planteurs de palmiers à huile de frites. Avec pour seules armes son verbe tranchant et sa gestuelle théâtrale, Stresa avait réussi à désarmer un groupe de défricheurs hors-la-loi et de coupeurs de têtes.

Voilà le genre de jeune femme à qui allait incomber la tâche de faire de Petit Nounours un animal responsable. Parmi ses réalisations au sein de la Garderie, on notait l'introduction de toboggans, au tracé direct ou zizagant, plus ou moins pentus en fonction de la morphologie de l'utilisateur, au lit de métal sec, ou bien rempli d'eau jaillissante actionnée par une pompe. À l'actif de la future vétérinaire encore : la mise en service de barreaux en caoutchouc relativement flexibles, aussi résistants que les montants traditionnels, pour offrir plus de convivialité, les détenus pouvant désormais passer la tête à l'extérieur de leur enclos. De tels aménagements révolutionnaires diminuaient le sentiment de claustration des pensionnaires. Ultime initiative de cette jeune femme, jamais à court d'idées : la mise en service à l'intérieur des cages, de douches équipées d'un mécanisme d'utilisation très simple. Bluffée par la créativité de la jeune femme, la Garderie pensait l'embaucher à la fin de ses études, et accéder grâce à ses innovations au rang envié de zoo 3.0, label synonyme de modernité et de réussite commerciale.

Pour s'attacher Petit Nounours et parce qu'elle le trouvait mignon et émouvant, une nouvelle fulgurance traversa l'esprit fertile de la jeune femme. D'aucuns l'auraient trouvée singulière. Après avoir constaté l'usure de ses coussinets, fendillés et déjà entaillés de micro-crevasses par endroits, la future vétérinaire banda les pieds de l'ours enfant. À ses heures perdues, elle lui cousit de petits chaussons de feutre. Elle vit avec inquiétude que les poils de l'animal s'effilaient et tombaient périodiquement, et que, le temps passant, leur régénération se faisait toujours plus lente et problématique, le pelage ne repoussant plus que de manière inégale ou lacunaire. Alors, elle lui tricota un petit gilet de laine au point de riz. Grave entorse au règlement stipulant que les animaux devaient demeurer dans leur dénuement vestimentaire, quel que fût leur état de santé. Son supérieur la réprimanda, mais d'un ton badin, qui, paradoxalement, l'encourageait à persévérer dans son œuvre de réhabilitation. Nommé être d'exception par la Haute Autorité de la Biodiversité, Petit Nounours méritait bien ces attentions. Qui sait? Peut-être deviendrait-il célèbre dans l'Europe entière, et concourrait-il lui aussi à la renommée du zoo?

Dans la journée, la belle brune aux formes épanouies portait un mini-sac à dos d'où émergeait la bonne bouille un peu ébahie de l'ours nain au profil de renard. Lequel, en regardant autour de lui, se demandait comment pouvaient coexister des familles d'individus aussi hétéroclites : perplexité face à un clan de gorilles goguenards lui faisant des pieds de nez, effroi face à une tigresse se léchant les babines à la vue de cet amuse-gueule sortant de l'ordinaire...

À l'heure où le soleil se couchait, dardant mélancoliquement ses derniers rayons dorés, l'étudiante de Maisons-Alfort extrayait Petit Nounours de sa besace en coton. Lui flattant la truffe, Stresa se baissait pour lui faire humer différentes essences de fleurs et le sensibiliser à la diversité végétale, l'invitant même à cueillir les spécimens les plus communs pour composer un bouquet multicolore. Petit Nounours, aux anges, n'en demandait pas plus à la vie. Quelqu'un dans cette foule de bipèdes indifférents se penchait sur son sort et allait même au-devant ses aspirations.

Mais il était hors de question pour Stresa, au tempérament volontaire, de laisser cet animal étonnant les deux pieds dans le même sabot. Sa survie ne passerait pas seulement par la découverte des secrets de la botanique, mais également par la réappropriation de son corps meurtri. Aussi, l'ours nain dut-il s'adonner à quelques exercices de gymmastique élémentaire : s'asseoir en tailleur, se tenir debout bien droit, les bras en extension, s'allonger sur le dos, les pattes postérieures dressées à la verticale. Hisse et ho ! L'entreprise ne fut que partiellement couronnée de succès, car si Tric-Trac - c'était son surnom à la Garderie - s'évertuait péniblement à imiter les gestes de Stresa, il ne parvint jamais à enchaîner de véritables mouvements d'assouplissement : ainsi dut-il renoncer à effectuer une série de roulades, handicapé par un cou perclus d'arthrose et des muscles pour partie atrophiés par défaut d'irrigation sanguine. On n'effaçait pas les séquelles de dix ans d'Appenzelll par la magie de quelques tractions. Petit Nounours finit pourtant par mieux coordonner ses postures. Après s'être cramponné à la rampe de départ, il se risqua même, la peur au ventre, à emprunter l'une des attractions créées par son éducatrice, le plus petit des toboggans à spirale de la Ménagerie. Ivresse de la vitesse : à son arrivée dans le bac à sable, l'ours nain fut tout étourdi et heureux. D'agréables sensations étaient donc le fruit d'un invention humaine ! Que Stresa veuille bien lui accorder maintenant un repos salutaire, après une telle débauche d'énergie !

À dix-neuf heures précises, elle lui imposait encore la cérémonie du bain, tâchant de lui inculquer quelques notions d'hygiène. Une gageure pour cet animal qui se cabrait à la seule vue d'une flaque d'eau. Jusqu'à présent, Petit Nounours se contentait de faire sa toilette en se roulant dans l'herbe fraiche, et des parasites le démangeaient. Stresa le savonnait avec une éponge de mer particulièrement soyeuse, puis le séchait en le frictionnant. Jour après jour, le teint de l'ours enfant - revigoré - rosissait, sa pelade se résorbait un peu.

Pour ses repas en revanche, il se refusait à goûter au miel et à ingurgiter autre chose que des fruits minuscules. Et lorsqu'il en grignotait un avec lenteur et retenue, il se dérobait toujours aux regards de son accompagnatrice par pudeur atavique. Drôle de paroissien, difficile et têtu, achevant par moments d'agacer la jeune femme.

La future vétérinaire essaya aussi de le socialiser, l'immergeant dans un cercle de captifs parfaitement acclimatés au zoo. Tentative ardue et sans résultat pour combler sa béance affective. Petit Nounours ne supportait pas la multitude et ne semblait s'épanouir qu'en tissant une relation privilégiée. Un groupe se forgeait-il, il le boudait - penaud et emprunté - et s'en éloignait, muré dans sa forteresse intérieure. Il paraissait toujours faire des adieux définitifs à ceux qui l'avaient approché un court instant et tenté de percer ses ressorts intimes. L'expérience prolongée de la solitude et la précarité de son existence dans l'Alpstein lui avait été fatale. Elle avait généré un repli sur soi monacal et quasi névrotique. Pour l'ours nain, le monde se résumait à une immense cohorte de persécuteurs de tout acabit, dont il convenait de se défier. Seule Dame Nature trouvait grâce à ses yeux.

Petit Nounours tombait en extase devant l'arbre, se frottant respectueusement contre son écorce. Et parmi ces « personnages » (le terme est tiré de ses confessions, provenant des battements de son cœur, comme nous le verrons), hêtres gris argenté ou chênes hiératiques, au tronc lisse ou rugueux, avaient ses préférences. Grand ancêtre, gardien vigilant et inflexible, ultime rempart d'une planète prise en otage, l'arbre ne connaissait pas la trahison. Sa pérennité à travers les âges en était la preuve. Il se gardait d'empiéter sur le territoire de son voisin, lié par une indéfectible solidarité à ce presque frère à travers l'enlacement de leurs racines. Bien que les aléas de sa vie ne lui eussent permis que très rarement de se promener dans des zones boisées, Petit Nounours avait communié avec ce monde impénétrable aux rumeurs étouffées et envoûtantes. Ses moyens physiques réduits ne l'avaient jamais autorisé à accéder au faîte de ces géants, mais, à plusieurs reprises, il s'était efforcé de leur signaler sa présence. Après avoir plaqué l'une de ses oreilles contre leurs troncs, l'ours nain s'était enhardi. Grâce à sa vue augmentée de ses fameuses lentilles à infra-rouge, il avait quasiment radiographié le corps inférieur de ces arbres. À l'intérieur de ces nobles colonnes coulaient des torrents de sève - veines gorgées d'une énergie bouillonnante dont il était cruellement dépourvu, rigidité synonyme de volonté inébranlable. Ainsi avait-il pu calculer l'âge de certains de ces chênes et autres marronniers - à la fois survivants et vigies de la planète.

À la Ménagerie du Jardin des plantes, Petit Nounours enrageait. Il aurait tant voulu atteindre la canopée pour profiter d'une vue panoramique ! Stresa, dont il léchait le bout du nez à petits coups, vif comme le serpent (ce faisant, Petit Nounours transgressait bel et bien la règle d'airain de sa communauté, tant il s'était pris d'affection pour son éducatrice) l'avait deviné. Elle avait réussi à obtenir une échelle spécialement conçue, aux barreaux de bois tendre assez rapprochés pour ne pas endommager les extrémités de son pensionnaire et lui éviter de tomber. De plus, un trampoline avait été tendu au pied de l'outil. Le cas échéant, sa chute serait amortie, et les rebonds multiples de l'engin procureraient même à l'utilisateur des sensations excitantes. Après de longues hésitations, l'ours nain s'empara de l'échelle. Son escalade hasardeuse dura près d'une heure. Il alla finalement se nicher au creux d'une fourche, entre deux branches d'un bel hêtre. Son bonheur fut intense, malgré l'inconfort de sa position. Peu à peu, la canopée sembla s'incliner et se refermer imperceptiblement sur le petit ours. Comme si tous ces géants s'étaient concertés pour lui offrir un toit et le faire jouir d'un peu de fraîcheur. Ou, mieux encore, d'un cocon bruissant d'alizées, où gazouillaient d'aimables mésanges et des étourneaux chicaneurs. Il y demeura des heures et des heures, observant ces innocents volatiles venus rendre, en quelque sorte, un hommage musical à l'arbre. Ce moment de quiétude unique et fugace s'inscrivit durablement dans sa mémoire.

*

Relations privilégiées, avons-nous dit... Presque filiale avec Maxime, obligatoire au départ avec Stresa, et lentement élaborée avec l'animal qui devint son unique interlocuteur dans ce zoo : une femelle pademelon grassouillette et un peu pantouflarde, qui s'était signalée à son attention par quelques coups de patte occasionnels. Cette thylogale elle-même introvertie avait reconnu en l'ours nain un compagnon de misère, un peu handicapé, avec sa bonne tête un peu angélique et sa conduite empreinte d'une grande compassion.

Pacifique et plutôt conciliante, cette cousine du kangourou avait également fait vœu de silence. Depuis sa capture à l'âge de deux ans, blessure profonde d'une nature très différente de celle de Petit Nounours mais aux conséquences analogues, la demoiselle s'accrochait souvent à son grillage, rageusement, comme une naufragée à son navire en ruines. Elle souffrait de nostalgie, au souvenir de ses forêts de Nouvelle Guinée, où bêtes et hommes faisaient cause commune, tutoyaient ensemble le ciel en partageant leur domicile au faîte de la forêt touffue. Pourtant, la direction du zoo avait pris soin de placer l'enclos de la marsupiale à proximité de quelques espèces familières. Mais la pauvrette persistait à frapper du pied à l'approche d'un danger, comme il est de tradition parmi les siens en pareilles circonstances. Dans son imagination malade rôdait toujours un prédateur aux aguets. Des cauchemars récurrents la harcelaient, où surgissaient alternativement un python qui l'étouffait et des dingos qui la lacéraient.

L'été, la marsupiale et le petit mammifère restaient souvent assis côte à côte, immobiles comme des sphinx, se donnant parfois l'accolade à la va-vite. Une cohabitation respectueuse de leur différence de constitution s'était instaurée - la taille de la femelle pademelon étant de cinq fois supérieure à celle de son ami. Petit Nounours, que l'appendice caudal de sa camarade surprenait, ne cessait de le scruter avec curiosité et une pointe d'envie. De quelle utilité était cette excroissance ? Après diverses supputations, l'ours nain y vit finalement un chasse-mouches doublé d'un efficace outil d'époussetage. Laquelle interprétation se trouvait corroborée par la propreté de l'enclos de la marsupiale, qui pratiquait l'enfouissement de ses excréments et déchets alimentaires. Dans ce faux couple, chacun jouait sa partition. L'ours nain se travestissait en enfant obéissant, tandis que la pademelon faisait office de Grande Ourse.

L'hiver suivant, Stresa fut témoin d'une scène aussi inhabituelle que cocasse. Mû par son insatiable curiosité, Petit Nounours se précipita tête la première dans la poche ventrale de la marsupiale - pour y bénéficier de cette chaleur qui lui avait tant fait défaut. Lors, la pamedelon bondit, sans égards pour son passager. L'ours nain, dont le cœur chavirait, prit peur et se mit à gigoter. La cavité sentait bon la rose, ses parois étaient moëlleuses, mais cette poche était un véritable trou noir. L'ours-nain claustrophobe craignit d'y passer de vie à trépas. De son côté, la marsupiale commençait à perdre patience. Cet empoté d'ours risquait de porter atteinte à ses futures maternités. Elle procéda donc à son expulsion sans ménagement, lui intimant de se tenir désormais à distance. C'en était fini d'une relation autrefois harmonieuse. À la suite de cet incident, les deux amis se comportèrent à nouveau comme des marionnettes ankylosées, étrangères l'une à l'autre. Grâce à cette amitié néanmoins, le pelage de Petit Nounours se redressa, il devint même temporairement plus fourni. En définitive, le mystère de sa conception persistait à le tarauder. À quel monde appartenait-il ?

*

Maxime avait obtenu de la Direction générale des parcs de la Ville de Paris l'autorisation de séjourner le week-end au Luxembourg après la fermeture de ses portes au grand public. Sa demande était motivée par le recensement des espèces nouvellement apparues dans cet espace si artistiquement fleuri et ordonné selon les canons des jardins à la française. L'administration avait collationné de vagues estimations quant à l'afflux sans cesse croissant de petits rongeurs en Île-de-France. Musaraignes et rats des champs pénétraient par tous les pores de la ville, se faufilant dans les véhicules et les égouts. La Ville Lumière constituait au fond un refuge de premier choix. En dépit de la pollution ambiante, on y vivait incognito, loin des agriculteurs, échappant à l'épandage de leurs pesticides mortels.

Le projet du jeune conservateur avait été retenu, à charge pour ce dernier de rédiger un rapport approfondi sur cette faune citadine. Et de dormir dans la cabane des jardiniers : un lit de camp et une lampe de poche, pas de chauffage, c'était la condition spartiate à laquelle il devait se soumettre. Il insista pour que son protégé prît part à ses escapades nocturnes. Jusqu'à présent en effet, le petit ours n'avait vécu que dans l'urgence et subi le cours des événements. Qu'était-il d'autre, que le triste spectateur de son impuissance ? Partir à la découverte de ce jardin d'Eden, y retourner régulièrement, lui permettrait peut-être d'y trouver ses repères et de le faire sien. Plus prosaïquement, le jeune conservateur pensait que le petit ours y acquérrait un art de vivre en rapport avec ses talents d'observateur et avec la patience dont il avait su faire preuve en Appenzell.

Le grand soir était arrivé. Petit Nounours était prêt. Pour la première fois de son existence, il allait faire œuvre utile, veiller volontairement et participer aux recherches officielles de « Petit Homme ». Maxime l'avait gratifié d'une mirabelle supplémentaire avant d'affronter la fraîcheur de la nuit. Évoluer dans l'obscurité de ce jardin magique l'émoustillait au plus haut point. À l'ours nain était dévolue la détection des odeurs, son protecteur se réservant la tâche de déceler les traces. Autre nouveauté, c'était Petit Nounours qui prendrait la tête de cette expédition inédite. Bouillant d'enthousiasme, le petit animal entama spontanément ce jeu de pistes à quatre pattes - position naturelle de l'ours, suffisamment rare chez lui pour être remarquée - le postérieur rebondi, le dos incurvé, agitant sa truffe gonflée de contentement au ras du sol.

Maxime donna le signal du départ à vingt-deux heures, à la lumière d'une lampe de poche au zénon, dont le rayon de clarté rasante aiderait à cerner les contours des empreintes. Travail ardu et souvent décevant. La plupart des foulées s'interrompaient au bout de quelques mètres. Singulièrement brouillés, les indices de présence d'espèces se bornaient aux piétinements d'oiseaux et aux marques de sabots de poneys commis à la distraction des enfants. Seul résultat positif de ce criblage en règle : le duo détecta de petits pas griffus aux abords de la Fontaine Médicis et des grilles bordant la rue éponyme. Au bout d'une heure d'efforts, Maxime et Petit Nounours mirent à jour le terrier à moitié obturé d'un couple de renards et les nids d'herbes séchées de hérissons. L'homme et son compagnon s'accroupirent, immobiles et silencieux, dans une allée, à l'affût du moindre bruissement provenant des taillis, et attendirent patiemment que ces charmants hôtes du jardin voulussent bien sortir de leurs repaires. L'une de ces petites boules de piquants daigna sortir de son abri pour examiner ces visiteurs du soir et renifler Petit Nounours avec circonspection. Il fit trois fois le tour de l'ours enfant, et, sa curiosité satisfaite, réintégra son habitat.

Les deux compères allèrent ensuite s'asseoir sur les marches en pierre de la fontaine de Thomas Francine, surplombée de la statue du cyclope Polyphème furibond. Battements d'ailes déployées comme une toile : une chauve-souris rasa leurs têtes, les frôlant sans conscience du danger. Maxime reçut une déjection sur le sommet du crâne. Enfin, Petit Nounours fut hypnotisé par le regard perçant d'une chouette, figée au sein d'un trou d'arbre, qui lui sembla sévère. Ultime récompense : nos deux amis assistèrent aussi à la charge d'un quarteron de belettes contre une escouade de mulots s'étant imprudemment aventurés sur leur territoire. Cris et chuchotements d'espèces antagonistes...

Le rapport de Maxime à l'administration était déjà quasiment écrit. Le jeune conservateur avait honoré son contrat. Il ne restait plus au Ministère qu'à prendre des mesures visant à protéger cette faune, en participant à son nourrissage et en fermant au public les quelques allées qui morcelaient son territoire.

*

Maxime fut invité à deux reprises à dîner par le médecin du Sénat, un vieil original résidant dans une maison de la fin du XIXe siècle située à l'extrémité nord-ouest du jardin, qui semblait plus attentif à ce phénomène de repeuplement qu'aux soins qu'il dispensait sans conviction aux vieilles barbes du Sénat. Ces Messieurs imbus de leurs personnes avaient le don de l'exaspérer, avec leurs affections nées de la sédentarité et des excès alimentaires. À l'écouter - ce bougre égaré dans les méandres de ses pensées hors-sol -, la faune était en passe de recouvrer lentement ses droits, et la disparition de l'espèce humaine programmée à plus ou moins brève échéance. Eugène Sonafort était du reste l'auteur d'un roman d'anticipation se déroulant dans une capitale, vidée de ses habitants depuis près d'une génération. Sa description des lieux était assez saisissante : la chaussée se craquelait peu à peu, puis se disloquait complètement. Sous les pavés, la plage ! Arbres et plantes ré-occupaient progressivement le territoire dont ils avaient été chassés par l'homme. Le praticien imaginait les rats sortant brutalement des entrailles des villes pour submerger un monde déclinant de mégalopoles, cités démoniaques où des réseaux d'ondes omniprésentes s'étaient emparés des âmes et les guidaient, hypnotisées, vers l'Apocalypse. Emporté par son incommensurable orgeuil et sa cupidité sans frein, l'homme finissait par se faire hara-kiri, l'autodestruction faisant partie de ses gènes. Signe de son profond désintérêt pour les édiles de la Chambre Haute, Sonafort avait entassé dans son cabinet des piles de médicaments périmés à l'efficacité douteuse, et de clichés de scanner empoussiérés. Regarder ces photos lui faisait horreur. Les sombres courbes matérialisant la présence de désordres organiques irréversibles lui donnaient la nausée, l'empêchant de serrer la main du patient. De plus en plus misanthrope, le praticien se montrait incapable de se souvenir de l'identité des parlementaires venus le consulter au cours de ses mornes journées, à qui il ne répondait souvent que par borborygmes.

L'existence de Petit Nounours, que Maxime lui avait confié, et qu'il attribuait peut-être un peu prématurément à l'évolution des genres, le ravissait. Convaincu que la modestie de la taille du petit mammifère était la conséquence d'une mise à bas prématurée, ou, plus certainement, d'une adaptation à un milieu accaparé par l'homme, le Docteur Sonafort commença par l'observer si intensément qu'il en renversa son dîner, un plat de lentilles, sur le parquet. Le médecin, émerveillé par l'application de l'ursidé à se nourrir, le posa sur ses genoux et lui chanta une mélopée tzigane de sa belle voix grave, qu'il savait moduler en fonction de la nature du texte. Détail de bon augure, l'ours nain tressaillit, puis agita ses oreilles comme des hochets. Le Petit Rien semblait de toute évidence extrêmement sensible aux sons et à leurs accords mélodieux. Un climat de confiance et d'affection venait de s'instaurer entre la bête et le vieux monsieur.

Ce dernier en vint à se pencher sur l'éducation et l'avenir de Petit Nounours. Selon Sonafort, c'est par un couple que l'ours nain devait être cornaqué au Jardin des plantes. Nonobstant ses propres occupations - et il envisageait même de demander sa mise en disponibilité à l'administration -, Eugène Sonafort proposa derechef son concours à Stresa : ils éduqueraient l'animal de conserve. Car la jeune femme et Maxime ne faisaient que se succéder auprès de l'ours nain, sans pour autant symboliser l'union d'un homme et d'une femme. Or cette notion, matrice de tout enfantement, était essentielle aux yeux du praticien pour le développement harmonieux du Petit Chose. Privé de famille, d'ascendance inconnue, Petit Nounours s'était enfermé dans un mal-être permanent. Sonafort pensait qu'il ne parvenait pas à faire la distinction entres les sexes. Ainsi, la pamedelon : à aucun stade de leur relation, il ne l'avait imaginée femelle. Son indécente précipitation à se précipiter dans la poche ventrale de la kangourou des montagnes en était la preuve. La folie créatrice et les fantaisies du médecin contrebalanceraient la rationalité et l'intransigeance dont usait et abusait la future vétérinaire. Par exemple, Sonafort ré-aménagerait l'emploi du temps rigide auquel était astreint l'ours nain. Plutôt que de réintégrer invariablement le domicile de Maxime le soir à vingt heures précises, Petit Nounours pourrait réapprendre à vivre à la belle étoile assez vite. Aussi, le médecin suggérerait-il à la jeune femme, très sûre de sa pédagogie, de faire construire pour l'ours nain un mini-enclos autour de son arbre préféré : il serait sa récompense à l'issue d'une semaine de labeur. Sonafort songeait aussi à organiser des repas à trois avec Stresa, et si l'ours nain n'était pas convaincu de la vraisemblance de cette union (pour cause de différence d'âge), alors il se ferait passer pour le père de la jeune étudiante. Ainsi la filiation de l'ours nain, bien que bancale, resterait établie. L'idée de Sonafort était aussi tordue que le personnage !

*

Un beau jour, le Docteur s'offrit à écouter le rythme cardiaque du petit ours - prétendant qu'il révélerait bien des mystères. Le praticien expérimenté avait en effet été tout de suite intrigué par un curieux phénomène : les lèvres de Petit Nounours oscillaient sans cesse, alors qu'il demeurait muet. Soit ses babines s'allongeaient et s'amincissaient exagérement, ne dessinant plus qu'une mince fente, soit Petit Nounours les contractait, formant des « o » parfaitement ronds. Le museau entier se déformait aussi, horizontalement et verticalement. Comme si le petit mammifère soliloquait, et qu'une voix intérieure contrainte tentait de se frayer un chemin.

Les battements de son muscle étaient très lents (ce fait était avéré depuis l'examen sommaire effectué par l'Académie des sciences de Berne) mais, ô surprise, ses palpitations revêtaient une signification. Elles correspondaient à un langage codé, immédiatement reconnaissable parce qu'utilisé jadis par les services secrets ! Le docteur, au comble du bonheur et de l'excitation, se saisit d'une feuille de papier qu'il couvrit de traits entrecoupés de points plus ou moins longs. Aucun doute : le cœur de Petit Nounours émettait du morse, et les légers tressaillements de ses lèvres en étaient la concrétisation.

Notre savant Cosinus passa toute la soirée à traduire ses notes. Il vérifia même l'adéquation entre les mouvements imperceptibles des lèvres et les paroles dictées par le cœur de l'ours nain : concordance en tous points parfaite. Ainsi Petit Nounours s'écriait-il à travers son organe vital : « Protégez moi, Petits Hommes, je suis un animal sans défense ! Né de nulle part. Jeté sur les routes de ce monde hostile et sans pitié par vos congénères qui ont conquis notre territoire. Aidez-moi, s'il vous plaît ! Je suis seul au monde. Trouvez-moi une famille d'accueil.

Vous préserverez à travers moi l'ultime représentant d'une race disparue (il se confirmait que Petit Nounours n'avait point connaissance de l'existence de la secte des vingt-six cantons, et de son intangibilité numérique). Le moment de quitter cette Terre n'est pas encore venu pour moi. Mais, là-haut, quelqu'un de plus grand que nous, veille ». Alors, Sonafort imita la psalmodie du morse et ses cadences. Petit Nounours, reconnaissant là son propre languague, se mit à pleurer. Suivi de peu par le médecin et Maxime qui tombèrent dans les bras l'un de l'autre. Enfin, le petit ours tendit sa patte de velours au médecin.

Peu après, le Docteur Sonafort provoqua une véritable révolution dans les habitudes alimentaires du petit ours. Espérant lui faire consommer une nourriture plus équilibrée et risquant une nouvelle expérience, notre Docteur Jekyll plutôt que Mister Hyde sacrifia quelques éperlans, qu'il disposa dans une assiette, à terre. L'ours nain, méfiant, détourna d'abord son regard du plat impie. Tout comme à ses pairs, il lui était non seulement défendu de sortir sa langue (ce que la dégustation de ce plat entraînerait), mais aussi de se nourrir de la substance d'une autre bête - c'était un sacrilège. La dignité d'un ours passait par le respect de la vie des autres espèces, quellles qu'elles fussent. S'il outrepassait l'interdit, il serait traité comme un hérétique, et condamné à un châtiment exemplaire par la Grande Ourse : il serait dévoré par le feu éternel de l'Enfer. La détestable cuisine mijotée par Irma Felgenhauer l'avait par ailleurs sérieusement dégoûté. Après être longtemps demeuré circonspect et inerte, redoutant d'être victime d'un empoisonnement, l'ours nain se décida à extraire une par une les fines arêtes des petits poissons avec une habileté surprenante. Puis il se mit à grignoter parcimonieusement cette chair molle et blanchâtre, la reniflant et la triturant au préalable de son museau pointu. L'instant d'après, il sombrait dans le sommeil du juste.

Sonafort était épuisé. Dire qu'il s'était littéralement consumé à la tâche était un doux euphémisme. Jamais l'expression « s'arracher les cheveux » n'avait reçu de meilleure illustration. Plusieurs touffes de cheveux blancs s'étaient en effet détachées de son crâne à moitié dégarni - à l'instar de la pelade de Petit Nounours. Abasourdi par sa découverte, l'homme roulait des yeux comme un possédé, marchait compulsivement de long en large, éructant, proclamant et dessinant de la main le V de la victoire. Cette découverte était une première dans le domaine du langage animal. Était-il opportun d'en faire une communication et de l'étaler sur la place publique ?

De son côté, Maxime était époustouflé par la géniale intuition de l'homme. Et à l'idée de cotoyer un petit phénomène à la pensée si proche de la sienne, son rapport à la Nature s'était radicalement modifié. Le jeune conservateur en avait des frissons dans le dos.

À minuit, nonobstant ces questions existentielles, on sabla le champagne en trinquant bruyamment. Petit Nounours, sentant que son essence profonde avait été percée et reconnue pour ce qu'elle contenait d'humanité, se réveilla - nouvelle surprise - et exécuta une sorte de menuet. Ce fut l'unique fois où il parvint à se mouvoir artistiquement sans s'emmêler les pinceaux et tomber lourdement.

Dans la rue Guynemer adjacente à la demeure du Docteur, de nombreux propriétaires - d'austères bourgeois - ne comprirent aucunement les motifs d'une telle agitation. La maison du fonctionnaire de la santé semblait accueillir une communauté de fêtards endurcis. Ils auraient juré que cette bande s'adonnait aux paradis artificiels. Dans le voisinage, le médecin avait la réputation d'être un homme peu communicatif et parfois bizarre. Ses sarcasmes et son allure négligée détonnaient.

Une partie du mystère de l'ours nain venait d'être levée. Sonafort, bien qu'il ne fut en rien spécialiste du métabolisme des plantigrades, prit encore la température de Petit Nounours, lui plaçant un thermomètre sous l'aisselle : examen de routine nettement moins ambitieux mais certainement plus efficace que celui auquel s'étaient livrés les transhumanistes non avoués de l'Académie des sciences de Berne. Nouvel étonnement en constatant ses variations erratiques. Certain que l'ours nain n'était affligé d'aucun désordre organique, le toubib mit ces pics brutaux sur le compte de fractures affectives, et d'une hystérie légère. Le praticien aurait souhaité établir un rapprochement entre ses observations révolutionnaires et la température du sujet, mais cette expérience clinique eût nécessité des instruments dont il était dépourvu. Il ne s'y aventura donc point, conseillant à Maxime de s'adresser, le cas échéant, au laboratoire de Maisons-Alfort.

*

Dans les jours qui suivirent, Maxime rendit à nouveau visite au médecin, qui se proposait de compléter ses investigations. Les deux compères travaillèrent d'arrache-pied en noircissant quelque cinquante feuillets d'écriture en morse. Sonafort avait fixé son stéthoscope sur le thorax de Petit Nounours à l'aide de petites ventouses, afin de ne rien perdre de la substantifique moëlle du discours de l'animal, qu'il devait cependant ménager, car ce dernier se lassait d'être soumis en permanence à la pression de l'outil et à l'excitation du praticien. Le docteur revêtait désormais une blouse : par respect pour la gent animale, tous les grands mammifères de la planète s'y trouvaient imprimés. Tric-Trac, fébrile, réclamait de temps à autre à boire et de quoi se sustenter, en grognant. Il avait hâte d'aller se dégourdir les pattes dans les allées bucoliques du Jardin du Luxembourg. Maxime, conscient des limites physiologiques de son protégé, lui offrait alors une fraise des bois, arrosée de Castelnuovo, la bonne eau des Apennins riche en minéraux.

Peu à peu, les deux hommes reconstituèrent le passé du petit mammifère, qui se montrait beaucoup plus bavard qu'il ne l'avait laissé entrevoir de prime abord. Comprenant parfaitement l'intérêt de cette inquisition, l'ours nain racontait son odyssée - en ce compris tous les détails gênants que Madame Felgenhauer avait omis de relater à l'officier de la police cantonale chargé de son affaire. Mais à propos de son jardin secret, la Grande Ourse, il demeura obstinément muet.

Le monologue de Petit Nounours ouvrit à ses amis les portes de son monde intime.

Mais démêler le vrai du faux, dans le récit de l'ours enfant, ne fut pas une mince affaire. L'ours nain parlait comme un disque, en flot ininterrompu, tournant parfois à vide. Sa compréhension du langage des hommes était, de toute évidence, restreinte. Encore que sur ce plan, Maxime se montrât plus audible que le Docteur Sonafort, dont les envolées lyriques et le timbre éraillé désarçonnaient le petit animal. Dès que la voix de son interlocuteur montait dans les aigus, Petit Nounours se butait. Son cœur se mettait en sourdine, les battements devenaient imperceptibles. (Parfois au contraire, le muscle cognait très fort, rappelant vivement sa présence : bien sûr, il n'était pas grand chose, et peut-être rien du tout, mais il existait, il avait une expérience à faire valoir et à transmettre !). Le cerveau de l'ours nain n'était donc affligé d'aucune forme d'insuffisance, mais il ne captait pas toute la gamme des sons, ou certains l'incommodaient. Son ouïe était vraisemblablement moins fine que celle de l'homme. Autre difficulté majeure : l'ours enfant était plus un conteur qu'un adepte de la conversation, ou de l'échange d'arguments. Il se laissait écouter pendant des heures, mais l'interroger était vain. À la question des deux hommes : « Que penses-tu de nous? », Petit Nounours répondit illico, laconiquement : « Vous êtes mes chers compagnons. » Ce fut bien l'unique réponse à laquelle il consentit. Puis, timide et pudique, il ferma les yeux, se dérobant aux regards de Maxime et du Docteur Sonafort.

Selon le praticien, dont les communications commençaient à acquérir force de loi auprès des spécialistes, l'ours enfant se bloquait en raison de ses peurs : en agissant selon ce protocole, il refusait de se laisser entamer et conservait l'initiative. Il y avait peut-être aussi une part d'autisme dans cette attitude. Aussi fallait-il prendre garde à ne pas l'interrompre, sinon l'animal se braquait encore et s'enfermait dans un silence définitif, détournant brutalement la tête pour manifester son désarroi et sa contrariété. L'ours nain faisait alors diversion, réclamant l'un de ses fruits rouges préférés ou courant se réfugier auprès de ses arbres bien-aimés. Et lorsque, par miracle, l'on parvenait à le remettre sur les rails, le Petit Chose reprenait la narration à son début, et sur un rythme plus lent. Une fois même, il épela chaque mot. Puis il marqua de nombreux temps d'arrêt, semblant quêter l'assentiment de ses auditeurs, comme si ces derniers eussent été ses correcteurs ou ses professeurs de grammaire. Alors qu'une heure eût suffi, son discours, au demeurant transparent, dura plus du double : épreuve particulièrement harassante pour les deux amis.

Parmi ses aventures, Petit Nounours évoqua la séquence du tapis volant, mais n'aborda la suite féérique l'accompagnant qu'à partir de minuit. On dut satisfaire à ses exigences et attendre le moment idoine. À l'heure dite, Petit Nounours allia les gestes à la parole. Il s'agita, exalté, et fut pris de tremblements.

Autre sujet sensible que l'ours nain se gardait d'aborder clairement, bien que par la suite, ses deux amis eussent fini par en reconstituer les grandes lignes : sa naissance. Son parachutage demeurait une énigme. Avait-il réellement sauté d'un aéronef, ou n'était-ce qu'une métaphore ? Seul indice corroborant cette dernière thèse : Petit Nounours considérait la vie comme un cycle dont la fin était identique à ses prémisses. Il était issu du ciel, le parachute matérialisant cette idée. Il y remonterait à l'heure de sa mort. Ainsi, la boucle serait bouclée.

Dans un second temps, l'ours nain jura avoir accompli une longue glissade sur le glacier couvrant le flanc nord-est du massif du Santis, à quelques kilomètres de l'Alpstein. Cette vertigineuse dégringolade, à peine interrompue par une chute sans conséquence au fond d'une petite crevasse, serait survenue à la vitesse d'une météorite. Dès lors, il paraissait exclu que le petit mammifère se fût installé derrière le corps principal de l'exploitation de Madame Schwerin par l'opération du Saint-Esprit. L'intervention de l'un de ses congénères paraissait également fort peu plausible. Devant l'embarras à peine dissimulé du docteur Sonafort et de son acolyte, l'ours enfant changea de version et prétendit avoir sauté dans le vide du haut d'un éperon rocheux. Plus tard, cet aplomb minéral se mua en nuage aux bords abrupts. Comme si un faisceau d'énergie négative interférait avec sa narration et rendait inintelligible le récit de sa venue au monde...

Ultime mouture proposée par Petit Nounours : il aurait surfé sur des masses de gouttelettes d'eau, naviguant à vue, passant de l'une à l'autre, pour enfin décrire de larges arabesques au-dessus des cimes. Ensuite, l'ours enfant se lança dans l'imitation de cris lointains entrecoupés de quelques coups de fusil assourdis et de grogrements rageurs d'ours adulte en furie : s'agissait-il d'un de ses géniteurs, à moins que ce ne fut l'ultime signal de détresse d'une tribu décimée ?

Quant à la description de sa vie quotidienne derrière la ferme, elle était lacunaire. Petit Nounours ne cachait pas le caractère répétitif de cette existence végétative et sans joie, mais, par orgueil, il ne reconnut jamais avoir logé dans un petit trou. La précarité de son habitat, et plus généralement, de sa condition, lui faisaient honte. Ce ne fut que par déductions et recoupements que Maxime et Sonafort purent reconstituer son mode de vie dans l'Alpstein. Certes, le pauvre hère avait sûrement été approché par quelques coccinelles, mais s'étaient-elles pour autant penchées sur son triste sort ? Maxime et le Docteur Sonafort, qui avaient consulté une encyclopédie très détaillée sur les mœurs des insectes, restaient dubitatifs. Petit Nounours avait dû embellir cette anecdote et y croire dur comme fer (processus fréquent en matière de psychologie individuelle) pour pouvoir conserver foi en autrui. Et l'âne ? Quel avait été son rôle exact ? L'ours enfant disait avoir entrepris une partie du périple chimérique en sa compagnie, en dépit de toute vraisemblance. Il avait énoncé plusieurs variantes de cet épisode, tout aussi rocambolesques les unes que les autres. Dans la dernière version, le Petit Chose renversait partiellement les rôles : lors de leur rencontre, c'est l'âne qui se serait assoupi et Petit Nounours lui aurait tiré les oreilles. Ce serait également le pauvre baudet, qui, exténué, aurait rebroussé chemin à l'approche du premier col, dans un état si alarmant qu'ils se seraient séparés d'un commun accord... À l'évocation de ce voyage initiatique avorté, Petit

Nounours avait été emporté par une vague de tristesse non feinte : il se demandait si le pauvre âne qui était allé au-delà de ses forces et avait usé ses sabots jusqu'à la corde, était encore en vie.

Et tout à l'avenant. Ainsi, le portrait qu'il dressa de sa garde-chiourme, Madame Felgenhauer, avait toutes les apparences de la subjectivité. La commerçante avait selon lui des ongles crochus exagérément longs, tandis que Maxime les avait vus discrètement manucurés. En découvrant l'ours enfant, elle aurait d'abord voulu l'écraser comme une mauvaise herbe, puis, se ravisant, l'aurait emmené contraint et forcé. Par contre, d'autres passages de son existence chez celle qu'il appelait sa « logeuse » était rigoureusement exacts, si ce n'est d'une bienveillance excessive : le jour de sa mise aux enchères, la commerçante l'aurait gardé sur ses genoux en le caressant délicatement pour le rassurer, alors que Maxime avait été choqué par la détresse de cet animal timide exposé brutalement au centre de la table comme une statue sous le feu du regard d'une armée de pimbêches.

La découverte des prémisses de la vie de Petit Nounours et des divers détails de son histoire posèrent plus de questions qu'elles n'en résolurent. Le mystère de sa conception et du lieu de sa naissance restait entier. Les deux amis se prirent même à douter. Quelle était la part de vérité de Petit Nounours ? Longtemps, ils avaient tenu pour acquises ses déclarations, sans sentir la nécessité de les vérifier, mais le mal-être originel du petit ours avait pu lui jouer des tours. Certaines de ses assertions ne feraien-elles pas partie d'un roman bâti de toutes pièces ?

Cependant, chaque fois qu'il surprenait le médecin et le jeune conservateur en train d'échanger un coup d'œil sceptique, Petit Nounours les rappelait à l'ordre, de la même formule tranchante et définitive : « Petits Hommes, je ne dis que la stricte vérité ! » Les deux amis n'insistèrent pas et mirent la variabilité de Petit Nounours sur le compte de sa confusion entre désir et réalité. D'ailleurs, vers la fin de chaque confession, certains de ses propos se perdaient dans le brouillard. Et le rythme de son cœur se faisait si anarchique et syncopé que le discours du petit mammifère relevait de la logorrhée - propos décousus à la hauteur de l'agitation quasi pathologique qui s'emparait périodiquement de lui.

*

Comme Maxime s'apprêtait à prendre congé du médecin, ce dernier, au comble de l'exaltation, le tira soudain par la manche : Petit Nounours avait repris ses esprits. Il se confiait à nouveau à lui, grave et mesuré : « En ce 27 avril de l'an 1943, un bombardier de nuit de la Royal Air Force s'écrasa dans le Valais, à quelques encablures de Sion, sa capitale Une erreur de navigation. J'en fus l'unique rescapé. En ces temps de ténèbres, l'accident passa presque inaperçu : de grands oiseaux semant mort et désolation peuplaient les cieux. Lorsque les équipes de secours désincarcérèrent l'équipage, je pris peur. Ces hommes de la milice [1] étaient casqués et revêtus de drôles de combinaisons. Un rideau de flammes allait me dévorer. Je demeurai tapi - tremblant - au fond de la carlingue, après avoir été éjecté de la poche de mon ami James, le pilote, un homme bon qui m'avait pris en affection et me considérait comme son porte-bonheur. Mon chagrin était immense. Nous étions inséparables. Il m'avait fait participer à plusieurs raids sur l'Allemagne, ainsi à l'abri tout contre lui. Le souvenir de ces jeunes gens à peine sortis de l'adolescence restera à jamais gravé dans ma mémoire.

1. Autre dénomination de l'armée en Confédération.

Chaque fois que je repense à ce drame, j'entre dans un état de prostration. Je perds la notion du temps et de l'espace. »

Les deux amis en eurent le souffle coupé. Pendant la seconde guerre mondiale, Petit Nounours n'était pas né ! D'où Petit Nounours tenait-il ces informations ? Qui avait pu les lui communiquer ? Vertige des événements, relativité de leur enchaînement... Pour sa part, le docteur Sonafort était sérieusement ébranlé. Tout cela défiait sa rationalité. Pourtant, le concept d'immortalité lui donnait le tournis, malgré sa connaissance des travaux de l'Académie des sciences de Berne et d'autres adeptes du transhumanisme. Petit Nounours avait-il vécu plusieurs vies ? Ou portait-il la mémoire de ses aïeux ? Jusqu'où serait-il susceptible de remonter ? Reconstituait-il des fragments du passé de ses nombreux doubles, entrechoquant leurs aventures hors de toute logique ? Et puis, cette histoire de mascotte était ambiguë : elle reposait la question de sa matérialité, suggérant que l'ours nain ne fût peut-être qu'un jouet. Ensorcelé.

Maxime, en proie au doute, s'empara du Petit Chose et palpa toutes les parties de son corps. Petit Nounours, irrité de cette intrusion, lui mordit le doigt, et on en resta là. Le lendemain, le médecin téléphona aux Archives historiques du canton du Valais. La chute accidentelle de l'Halifax en ces lieu et date, le nombre et les patronymes des membres de l'équipage énoncés par Petit Nounours concordaient. Il n'était pas jusqu'au numéro d'identification de l'avion que l'animal n'eût retenu. Il serait du reste possible d'examiner les débris du bombardier, exposés dans les sous-sols de l'institution. Quelques jours plus tard, nos deux amis prirent le train pour Sion. Après avoir consulté les fiches décrivant les hauts faits de certains membres de l'équipage - l'un deux s'était échappé d'un camp de prisonniers en sautant à la perche au-dessus des barbelés, de nuit -

ils contemplèrent la carcasse calcinée. L'endroit où Petit Nounours s'était caché semblait effectivement avoir été épargné par le feu. Tout à coup ils aperçurent, peinte en brun près du cockpit, une silhouette de petit ours, avec, dessous, un nom en capitales : « CHUCK ». C'était Petit Nounours !

Peu après, l'ours nain fit une nouvelle confession énigmatique, brève, sans rapport avec la précédente. Cette fois, l'action se situait dans un tunnel ferroviaire. Loetschberg ou Gothard ? Les deux amis ne s'accordaient pas sur l'identification de l'ouvrage. Maxime fit remarquer au médecin que Petit Nounours évoquait la présence de rails courbes. Or, seul le tunnel du Loetschberg possédait une galerie changeant brutalement de cap vers le nord. Aucun autre indice ne permettait de localiser l'artère. L'animal racontait qu'il marchait le long de la voie unique, couvert d'une fine couche de suie, cherchant à rallier les hautes terres par ce chemin plus carossable. Son phrasé haletant traduisait son angoisse. Il avait rencontré « l'interminable chenille d'acier qui convoyait vers les entrailles de la terre des prisonniers attachés par des sangles à leurs sièges ». S'agissait-il d'un transfert de forçats ? Sonafort eut beau tenter d'obtenir des précisions à ce sujet avec son doigté inhabituel, il ne parvint pas à en savoir plus. L'ours nain demeurait obstinément mutique, remuant frénétiquement ses petites oreilles, signe d'un profond trouble intérieur. À l'approche du convoi, l'ours nain avait entendu des bruits de métal hurlant et les cris de ces hommes promis à une mort atroce. Au dernier moment, l'ours nain avait réussi à se réfugier dans l'une des cavités creusées de proche en proche pour les besoins des services d'entretien. Là encore, un état de sidération semblait avoir paralysé l'animal.

Maxime et le docteur consultèrent les archives

numérisées de journaux locaux. Un train avait bien déraillé dans la galerie du Loetsberg, en 1948, mais il s'agissait d'un transport de bestiaux. Le train en question était devenu fou, suite à une défaillance cardiaque du conducteur. Un véritable holocauste de vaches et de cochons, entassés les uns sur les autres dans des wagons de marchandises bondés et exigus.

Un malaise saisit les deux amis. Le petit animal avait-il été témoin, dans une vie antérieure, de telles scènes d'horreur ? Pourquoi, cette fois, avait-il déformé la vérité ? Selon Sonafort, l'ours nain avait voulu passer sous silence l'impuissance et la soumission de l'animal vis-à-vis de l'homme en substituant le second au premier. Sans conviction, Maxime pensait que l'erreur de l'ours enfant était involontaire. À moins que Petit Nounours n'eût voulu souligner la cruauté des êtres humains…

On pouvait rapprocher ces deux séquences angoissantes du comportement craintif de l'ours nain derrière la ferme de Madame Schwerin. La charge symbolique n'était pas à négliger, dans ses confessions. Petit Nounours balançait constamment entre le Ciel et l'Enfer, sans trouver d'équilibre. Sa mentalité était totalement manichéenne. Ses frayeurs se nourrissaient de situations ordinaires, auxquelles sa psychologie personnelle attribuait un aspect morbide.

*

À partir de ces révélations parfois contradictoires, Maxime et son confrère auraient pu rédiger un épais traité scientifique. Mais selon Sonafort, l'entreprise était prématurée, tirer des conclusions de l'étude d'un seul échantillon était hâtif et peu rigoureux. Ils auraient pu également, sans la moindre difficulté - faisant fi de leur discipline -, en tirer un roman extravagant : l'étonnante histoire d'un ours nain, doté de propriétés insoupçonnées, enraciné dans son statut d'éternel enfant, quoiqu'il lui en coûtât et en dépit de tout ce qui pût lui advenir. Un conte aussi drôlatique qu'émouvant, avec une pointe d'anticipation, qu'ils auraient enjolivé encore et encore. Toutes les folies leur auraient été permises. Par exemple, ils auraient pu faire accroire que Petit Nounours était un croisement d'ours et de renard, en raison de son museau allongé et de la dimension de ses oreilles triangulaires. La petite taille de l'animal aurait pu faire l'objet des spéculations les plus osées, par exemple que Petit Nounours était sorti du conduit de l'oreille droite de la Grande Ourse. (Version proche de l'enfantement de Gargantua par sa mère Gargamelle). Et que ce fils indigne, desservi par un sens critique trop aiguisé et des pensées hérétiques, aurait été renié à la naissance par la Déesse parce que non conforme à ses canons, et projeté dans l'atmosphère sans filet. Que sais-je encore ? Le parcours de vie de l'animal, ses rencontres, sa manière de s'exprimer, étaient si extraordinaires que la véracité de ses péripéties n'aurait jamais été mise en cause. La thèse du docteur Sonafort, suivie d'une exposition du petit prodige, aurait emporté l'adhésion de tous. Et c'est une marée d'enfants rois qui aurait assuré la promotion de l'ouvrage au premier chef. N'importe quel éditeur un tant soit peu original, à la recherche du succès se serait précipité pour acquérir les droits de ce récit épique. Et avec un soupçon d'audace, il aurait adopté une formule moderne : publier l'ouvrage des deux amis avec la possibilité pour le public de l'amender. Tous auraient désiré participer à écrire l'histoire, et même en être un protagoniste majeur, pour se dépasser et abandonner, provisoirement, les certitudes bornées de l'existence ordinaire, pour aborder les rivages radieux de l'irréel et de la transcendance, pour y mener une seconde vie, remplie des fantasmes les plus fous ou de rêves inaboutis. Louer une salle, y réunir des fans chaque semaine autour de leur héros : l'endroit serait devenu un temple de la littérature...

Mais, après concertation, Maxime et Sonafort renoncèrent.

D'abord, parce qu'ils ne voulaient sous aucun prétexte dévoiler l'identité de Petit Nounours, la Ménagerie du Jardin des plantes ayant elle-même été placée devant ses responsabilités : toute publicité relative au petit animal ferait l'objet d'une plainte en bonne et due forme. Petit Nounours ne serait jamais une marque, ni un produit d'appel. Il ne figurerait jamais parmi les actifs incorporels du bilan d'une entreprise. Stresa elle-même, dont les deux amis avait omis de sonder la conscience, ne fut pas non plus mise dans la confidence : sa jeunesse et son allant n'étaient pas forcément gage de discrétion et de respect pour l'intimité de Petit Nounours. Plus tard, peut-être...

La singularité d'un être ne tient qu'au mystère qui l'entoure et le protège. Aussi Petit Nounours devait-il échapper à l'éphémère idolâtrie de ses admirateurs. Et devenir un mythe pour les valeurs qu'il incarnait réellement : fragilité et modestie. C'est ainsi qu'il devait entrer au Panthéon de la mémoire, intact, comme un modèle de vertu et de générosité. Le Petit Rien devait être tenu à distance de la promiscuité. Maxime et Sonafort se contentèrent donc de numériser une série de palpitations cardiaques du petit animal, qu'ils confièrent à un notaire. À leur décès, l'enregistrement serait remis à l'Institut national du son universel.

En attendant, une partie des faits ainsi consignés furent transmis aux autorités de la Confédération Helvétique. La traque d'espèces protégées, le trafic d'animaux rares, constituaient des délits passibles d'une lourde peine de prison pour la commerçante ! À l'issue de ses interrogatoires, elle prit l'engagement de verser une somme substantielle au profit de Petit Nounours et de ses autres pensionnaires, en vue de leur « réhabilitation ». Trop tard ! La culpabilité de la Felgenhauer se lisait maintenant sur ses traits décomposés et avachis. Le rimmel coulant sur son visage fripé signait sa défaite.

*

Un soir, au printemps, Maxime abandonna Petit Nounours à lui-même, au Jardin du Luxembourg, pour la nuit. Il fallait qu'il grandît et s'insérât définitivement dans le milieu. (Hélas, le jeune conservateur ne devait pas apprendre grand-chose des activités, ni des rencontres du petit mammifère au cours de cette expérience. Sa timidité l'avait de toute évidence empêché de prendre langue avec les locataires patentés des baux champêtres).

Quoi qu'il en soit, le lendemain matin, Maxime découvrit l'ours enfant revenu au faîte d'un petit acacia en fleurs, point de départ, la veille, de sa saga nocturne. Au moins, Petit Nounours avait-il fait preuve d'un certain sens de l'orientation. Pourtant, des traces multiples couraient jusqu'au kiosque à musique du jardin. L'animal remuait la tête. Trois petites notes de musique flottaient dans l'air et semblait le rendre joyeux. Qui sait ! Peut-être avait assisté en catimini à la représentation du *Carnaval des animaux* de Saint-Saëns ?

Discipliné, il emboîta le pas de son protecteur - sans manifester la moindre envie de s'installer au Luxembourg. Le seul changement notable observé dans son comportement fut relatif à son aire de repos. Plutôt que de dormir assis sur le parquet de la chambre du jeune conservateur comme à l'accoutumée, Petit Nounours s'allongait désormais en chien de fusil sur la terre garnissant les pots de fleurs ou les jardinières du balcon. Il faisait ainsi grand profit de leur parfum pour s'assoupir. Ou bien, l'été, il s'installait dans l'évier de la cuisine, où une goutte d'eau tombant de temps à autre le rafraîchissait.

L'année suivante, Maxime soumit l'ours nain à un autre test, qui visait à le familiariser avec l'élément liquide. Il loua donc l'un de ces petits voiliers qu'on voit évoluer sur le grand bassin : une goélette du siècle dernier, objet simple et candide. Et il plaça d'autorité son protégé sur le pont. La première tentative se solda par un cuisant échec. Pétrifié, Petit Nounours se cramponna au mât du modèle réduit, qu'il déséquilibra. Le petit navire chavira et l'ours nain passa par-dessus bord. Maxime le repêcha prestement. À son retour sur la terre ferme, les rires moqueurs des enfants - à qui le petit ours avait toujours témoigné de la sympathie - lui firent honte. Faire du Petit Chose un marin était décidément une idée saugrenue. Petit Nounours demeurerait un terrien peureux et borné, qui avait besoin des certitudes qu'offrait la matière.

En désespoir de cause, Maxime l'emmena à la Fête des Oiseaux, qui se tenait dans l'enceinte du zoo de Vincennes. Nouvelle déconvenue : l'ours nain sembla complètement indifférent au mode de vie des gypaètes et autres rossignols.

Au domicile du jeune conservateur, Petit Nounours farfouillait partout, mais une fois sa curiosité satisfaite, s'appliquait toujours à remettre les objets à leur place. Pour qu'il soit rassuré, l'ordre devait régner. Fureter inlassablement ne répondait à aucun but précis, si ce n'est peut-être celui de découvrir quelque chose d'insolite au sujet de son protecteur. L'ours nain était intrigué par la garde-robe fournie de Maxime, et plus particulièrement par ses chaussures, dont il ne comprenait pas l'usage. En d'autres circonstances, trop rares à son goût, le petit animal dévoilait sa véritable nature, farceuse et ingénue. Il jouait à cache-cache ou à colin-maillard avec cet homme bienveillant, qui le découvrait fréquemment sous son oreiller faisant semblant de dormir, ou bien derrière une pile de linge, affublé d'un petit mouchoir sur la tête. Autre facétie dont il était coutumier : il se glissait immobile dans l'une des chaussettes de Maxime, pour lui donner vie soudainement, et marcher comme un somnambule. Las, lorsqu'il se montrait d'humeur trop gaie, l'autre versant de sa personnalité ne tardait pas à reprendre le dessus. Ses angoisses remontaient au travers d'une demande en apparence anodine : « Petit Homme, veux-tu jouer au ballon avec moi ? » Maxime comprenait le sens de cet appel sans avoir besoin de stéthoscope, il ressentait le désarroi poignant qui étreignait l'animal, l'abandon précoce de l'orphelin et la solitude forcée d'une jeunesse sans joie, grevée de problèmes de survie quotidiens. Cette quête de partage le renvoyait à ses propres émotions, vécues dans des circonstances un peu comparables. Le jeune conservateur allait alors quérir un sac de billes. On se fixait un objectif : par exemple une série de petits soldats de plomb à abattre. Mais l'ours, maladroit, manquait souvent la cible. Résultat prévisible : quelques larmes perlaient aux yeux de ce joueur amateur. Parviendrait-il un jour à s'extraire de sa gangue et à être libre de son corps ?

*

Maxime se demandait si Paris était un lieu de vie bien adéquat pour Petit Nounours. Il s'en était ouvert à Sonafort, qui se posait la même question. Après tout, ce dernier y avait mené une existence plutôt enrichissante, faite de rencontres inopinées et profitables. Mais sa résidence à la Ménagerie du Jardin des plantes ne pouvait être qu'un pis-aller temporaire. Certes, Petit Nounours avait constaté que des communautés d'humains et d'animaux étaient en mesure de coexister dans une relative harmonie. Stresa lui avait inculqué quelques règles de savoir-vivre, et ses horizons s'étaient élargis. (La jeune vétérinaire l'avait également emmené à son école pour le soumettre à des mesures biométriques en vue de sa préservation). Mais ce tutorat avait atteint ses limites. Entre l'isolement total en Appenzelll, les sujétions imposées par la Felgenhauer et la vie rythmée et finalement répétitive du zoo, Petit Nounours n'avait jamais trouvé complétement ses marques. À la vérité, Tric-Trac n'éprouvait aucun sentiment d'appartenance. Stresa l'avait pris en affection, Maxime l'avait choyé et le docteur Sonafort l'avait passionné par son savoir-faire, mais (parce qu'il y avait toujours un « mais » dans sa manière de penser), le trio n'avait pu combler les fractures qui le minaient ou les lui faire dépasser. L'animal avait seulement donné le change, en se montrant étonnament docile. En dépit de son accoutumance aux êtres humains, de son acclimatation à la vie parisienne, Petit Nounours demeurait un petit sauvage, solitaire et victimaire au plus profond de lui-même. Il semblait participer et partager, mais en réalité, il se voyait souvent flotter au dessus de la Terre, le corps en suspension, désincarné et fondamentalement peu impliqué, comme si son existence sur la planète n'était qu'un passage obligé, privé d'ancrage.

Au début de leur amitié, Maxime avait mis cette singularité sur le compte de l'absence de relations sociales et de compagnons de son espèce. (Les archivistes du Valais avaient bien parlé au jeune conservateur d'une vieille légende selon laquelle il existerait, en Suisse, une confrérie d'ours nains, discrète, réfugiée depuis la nuit des temps dans le massif alpin ou dans les zones marécageuses. Mais combien étaient-ils en réalité ? Pourquoi auraient-ils survécu à leurs grands aînés, exterminés ? En tous cas, personne n'avait encore aperçu d'ours de cette taille...)

Maxime avait réalisé par la suite qu'une idée fixe habitait son protégé. Souvent, Petit Nounours tirait le bas de son pantalon en lui montrant le ciel et les constellations. L'expression du petit mammifère était alors pénétrée d'une intensité quasi mystique. Étrangement, c'était toujours au moment où une brume légère laissait deviner des formations nuageuses aux contours vaguement animalesques. Le petit ours, surexcité, décrivait alors leur trajectoire, en faisant force moulinets avec ses pattes, et grognait plaintivement lorsqu'ils disparaissaient.

Maxime avait entendu l'appel du petit ours.

Sa décision était prise. Il ferait un voyage en compagnie de l'animal et le déposerait dans une région montagneuse, à la fois sécurisée et d'une grande beauté. Après avoir soupesé les avantages et inconvénients respectifs des parcs nationaux occidentaux, son choix se porta sur celui des Dolomites Frioulanes. Pour son confort moral, il était en effet exclu que Petit Nounours retournât en Confédération. La boucle ne devait pas être bouclée par un retour à l'origine.

Sonafort acquiesca, mais incita son ami à ne pas couper le cordon ombilical trop rapidement. Maxime devrait s'effacer graduellement en espaçant ses visites. Jusqu'au moment où Petit Nounours se sentirait suffisament fort. Le médecin - fin observateur - avait recensé les signes de cette émancipation. Plus que ses faits et gestes, c'était l'expression de Petit Nounours que Maxime devrait surveiller. Lorsque l'ours nain cesserait de cligner des yeux et de regarder ses pieds à tout propos, c'est qu'il aurait pris confiance en lui.

Le jeune conservateur demanda un congé spécial pour pouvoir accompagner quelque temps son protégé et lui construire un petit refuge. Il avait choisi un univers vide et silencieux, au milieu de nulle part, parmi les sommets chahutés frôlant les nuages. L’ours enfant, discrètement géolocalisé, pourrait y grimper, rêver, méditer et exercer ses facultés en toute liberté.

***

IV - VARZO, LA FIN

Maxime conduisait à faible allure sur le versant nord du Simplon, en direction du Lac Majeur, où il prévoyait de séjourner une semaine, avant de rallier le parc des Dolomites. Il voulait faire goûter à Petit Nounours des horizons plus lénifiants. L'étendue d'eau oblongue, animée de clapotis aux accents circonflexes et de vaguelettes juvéniles, viendrait doucement lécher les pieds de l'ours nain sur la grève, lui prodiguant rafraîchissement et caresses. Le lac et son écrin de montagnes formaient un compromis entre les sommets austères dont l'ours renard était sevré, et l'océan, craint et abhorré. Maxime espérait encore que le petit animal serait sensible aux multiples senteurs de la végétation luxuriante des coteaux avoisinants : à cet égard, l'expérience menée au Jardin du Luxembourg s'était montrée concluante ! Pour se familiariser avec ces horizons liquides, Petit Nounours aurait même droit à une promenade en pédalo d'une rive à l'autre de cette paradisiaque échancrure. Cette fois, le jeune conservateur lui passerait un harnais, afin qu'il ne versât point par-dessus bord. Maxime comptait aussi lui faire visiter l'île de Brissago, insignifiant point-virgule aux formes biscornues planté d'un jardin exotique. Le jeune conservateur se faisait fort de renouveler l'expérience du Jardin du Luxembourg, obtenant des autorités locales le droit d'y camper une nuit. Selon lui, la nature ne dévoilait son véritable visage que dans l'obscurité, à travers des cycles d'activité et de repos à l'opposé des nôtres.

Jusque-là, Petit Nounours, assis sur le tableau de bord,

avait tracé des ronds sur la couche de buée du pare-brise, jeu puéril qui semblait beaucoup le divertir. Il avait aussi esquissé sa propre image, maladroitement, à côté de la silhouette fluette de Maxime le tenant par la main. Le jeune conservateur avait remarqué que, pour la première fois, l'ours enfant l'associait à son destin. Avait-il fait de lui un parrain, ou un père adoptif?

Le spectacle grandiose semblait revigorer le petit ours. À sa gauche, le massif du Monte Leone l'engageait à gravir l'une de ses pentes tourmentées. À droite, le glacier du Weisshorn resplendissait dans le pâle soleil d'hiver, l'invitant à glisser sur son lit bleuté. Les épisodes neigeux refoulés d'avant son atterrissage derrière la ferme de Madame Schwerin lui revenaient-ils à la conscience ? On en aurait juré, tant le petit ours salivait, tendant les pattes vers ces horizons infinis en réponse à un appel impérieux. Ou le petit mammifère se remémorait-il, en ce moment magique, la scène où il avait consumé une bonne partie de son existence : l'Alpstein aux falaises granitiques implacables, interdites à l'ours, sans concession pour l'homme.

Mais quelque chose clochait, indéfinissablement. Petit Nounours n'était pas dans son assiette. (L'avait-il jamais été ?) À la vue de l'aigle [1] monumental marquant le passage du col, les pupilles de ses yeux s'étaient rapetissées et les commissures de ses lèvres affaissées tout à coup. Était-il si las? À moins qu'il ne fût à nouveau obnubilé par le spectre de la Grande Ourse, tandis que la nuit tombante commencait à projeter ses pans menaçants sur le relief? (Moment de ténêbres propices, peut-être exploité par la figure tutélaire pour rappeler son sujet à ses devoirs...) C'est pourquoi le jeune conservateur renonça à proposer à son compagnon une marche sans aspérité sur l'ancien

1. Aigle monumental en granit, symbole de la résistance locale, érigé en en haut du Col du Simplon en 1944.

sentier muletier courant le long de la commune de Simplon Dorf, sur le versant sud. Soudain, sur ce replat, Maxime eut une vision, dans un éclair aveuglant : Petit Nounours, au loin, la figure ridée et émaciée à moitié couverte d'un chapeau informe, se mouvant difficilement, tassé comme un petit vieux harassé de solitude. Un instant plus tard, une nappe de brouillard masquait le vague profil de l'animal, fantôme zigzaguant ou farfadet à bout de souffle, hantant toits et cheminées des maisons du village...

Maxime avait du mal à établir un diagnostic clair des forces qui rongeaient son compagnon. Il n'avait pas eu le temps d'acquérir les solides compétences du docteur Sonafort. Il avait bien assimilé quelques rudiments de morse, mais les nuances du language de Petit Nounours lui échappaient. À Simplon Dorf, se saisissant du stéthoscope, il ne réussit pas à distinguer les espaces entre les mots des espaces entre les lettres de ce langage d'espion, et confondit fréquemment traits et points. Les palpitations cardiaques de Petit Nounours étaient pour lui un sabir peu compréhensible. Néanmoins, il lui sembla que l'ours nain confondait Madame Felgenhauer et Madame Schwerin, ou bien considérait le magasin de la commerçante comme une maison de repos. Dans ce fatras haché, une entité mystérieuse semblait omniprésente, certaine « Grande Dame », terme prononcé avec autant de peur que d'enthousiasme. Seule certitude : le cœur de l'animal saignait et émettait des battements déchirants. Plus inquiétant encore, de vilaines bulles de salive s'échappaient de ses lèvres. Bref, les signaux de morse semblaient couverts par l'émotion dévorante. Cette triste complainte était d'autant plus difficile à décrypter qu'un phénomène nouveau était venu compliquer l'interprétation du langage issu de l'organe vital du petit mammifère : un hoquet persistant. Des contractions spasmodiques si violentes que l'ours nain en faisait des sauts. Un réflexe ventilatoire aussi, synonyme d'anxiété paroxystique.

Enfin, les choses semblèrent s'améliorer. Mais à Gondo, frontière de la Confédération, au pied du Simplon, survint une nouvelle crise. L'animal se grattait jusqu'au sang, s'arrachant des touffes de poils. Un officier de la Guardia di Finanza s'étant approché de la voiture l'apostropha : « Eh, toi là, microbe ! » Petit Nounours replia ses deux pattes antérieures sur son museau, puis il fila se pelotonner, honteux, dans la boîte à gants. Craignait-il aussi de transgresser un interdit en franchissant la frontière ? Maxime mit son trouble sur le compte de la peur de l'uniforme et du regard inquisiteur du fonctionnaire trop fouineur. Le jeune conservateur flatta le pelage du petit ours, qui lui parut bizarrement hétérogène : sous la main, les poils soyeux alternaient avec des plages de fourrure hérissée, véritable tapis brosse. La mini-barbichette en bataille, le petit animal était à nouveau la proie de sentiments contradictoires et violents.

Aux marches du Piémont, Petit Nounours retrouva un semblant d'équilibre. Il communiait avec cette nature indomptable, qu'il reconnaissait, il faisait corps avec elle. Les deux hautes falaises bordant la rivière Diveria, d'où émergeaient çà et là quelques arbustes malingres, lui rappellaient l'atmosphère minérale et ascétique de l'Appenzelll. Mais ce calme n'était qu'un faux-semblant. En réalité, l'ours nain avait le sentiment d'être arrivé au bout du chemin. Depuis quelque temps déjà, ses forces l'abandonnaient. La coordination de ses mouvements, par exemple, s'opérait de manière de plus en plus confuse. Il avait du mal à s'asseoir et plus encore à se relever, ses articulations de métal ayant été soumises à trop de contraintes. Il avait accompli son cycle de vie. Après avoir vécu solitaire, en marge de la société des hommes tout en les croisant quotidiennement, il se sentait désormais appelé vers l'espace sidéral. La Grande Ourse le libérerait-elle bientôt de ses entraves, pour qu'il puisse enfin embrasser l'univers ?

Au-dessus de la tête de l'ours enfant, les nuages s'amoncelaient au sens propre comme au sens figuré. Ses pattes tambourinaient maintenant contre la portière : jamais il n'avait adopté d'attitude aussi déterminée et agressive ! Maxime se perdait en conjectures. Le petit animal souffrait-il du roulis de la voiture, sur la chaussée mal entretenue ? Voulait-il se dégourdir les jambes ? Le jeune conservateur n'avait sans doute pas suffisamment pris en considération les origines alpines de son compagnon. Il lui avait souvent fait faire des excursions en Île-de-France. Amoureux des grands espaces marins en dépit de ses origines alsaciennes, Maxime l'avait également conduit, de temps à autre, sur la côte normande : morne horizon peu prisé par le petit ours. La poésie des vagues moutonnantes le laissait de marbre et le ciel de traîne ne faisait qu'accroître ses tendances neurasthéniques. Comble de malchance : à l'occasion d'une de ses incursions sur la plage, l'ours nain avait creusé un trou, réflexe de protection acquis dès la construction de son premier habitat dans l'Alsptein. Mal lui en avait pris. Un petit crabe s'était glissé en ce lieu infiltré d'eau de mer, et avait pincé très fort la patte de l'ours enfant. Pendant près d'un quart d'heure, les deux protagonistes avaient fait des roulés-boulés dans cet espace confiné. Petit Nounours, finalement, avait réussi à faire lâcher prise à l'agresseur, mais ne l'avait point tué. À l'issue de cette lutte indécise, Maxime avait dû faire une poupée à son protégé au pied entaillé. Au souvenir de cet épisode, Maxime procéda à une nouvelle auscultation des coussinets de son compagnon, qui montrèrent une rigidité de mauvais aloi.

Quelques kilomètres plus loin, là où la vallée se réduisait à un couloir étroit et sévère débouchant sur une ancienne moraine, le jeune homme décida de faire une pause, dans un petit village oublié de la « civilisation » depuis les années d'après-guerre : Varzo. Varzo où le grand hôtel avait fermé ses portes depuis belle lurette et tombait lentement en ruines, charpente béante et persiennes de guingois d'un bâtiment autrefois solide comme un roc. Varzo et ses modestes habitations en parpaing des années soixante, plus ou moins disgracieuses. Mais Varzo aussi où la bourgeoisie milanaise d'antan avait fait édifier quelques maisons de maître entourées de magnifiques jardins, aux bosquets de rhododendrons et de magnolias se détachant sur des pelouses passées à la tondeuse, d'un vert éclatant. Des demeures pour la plupart restaurées, bien que souvent désertées après la construction du tunnel du Simplon. Des bâtisses aux toits d'ardoises permettant au village de garder un semblant de lustre suranné.

Lorsque le jeune homme gara sa Dolce Vita[2] devant un café récemment rénové et lui ouvrit la porte, Petit Nounours sauta prestement du siège sur le tapis de sol, puis, d'un bond millimétré, sur une touffe d'herbe émergeant du trottoir disjoint. Maxime en resta éberlué : le petit mammifère était-il soudain libre de son corps ? Le petit ours scruta alors longuement celui qu'il avait baptisé Petit Maître, puis Petit Homme - dans une tentative d'émancipation méritoire. Il écrasa un pleur en agitant la patte en signe d'adieu. Ultime geste d'amitié, l'animal s'approcha de son compagnon pour lui gratter doucement la cheville, le lécha, respecteusement courbé, dressant les deux oreilles. Une page se tournait. La coexistence exemplaire entre l'homme et l'animal prenait fin, ici divergeait le destin de ces deux êtres. Maxime, qui pour

2. Voiture italienne de petite cylindrée à moteur électrique.

rien au monde n'aurait voulu emprisonner l'animal, était livide. Caressant le front du petit mammifère, il lui trouva le poil plus doux et moins filandreux qu'ordinairement : l'ours nain avait su maîtriser ses émotions et leurs conséquences sur son enveloppe corporelle, pour la première et dernière fois.

Pressentant ce qui allait suivre, le conservateur du Musée d'histoire naturelle tailla pour Petit Nounours un bâton noueux dans une branche qui traînait par là - fidèle à la représentation traditionnelle de l'ours voyageur dans les contes -, et lui remit un bouquet de mirabelles fraîchement cueillies dans un petit sac de jute. Puis il regarda, cloué sur place, Petit Nounours s'éloigner clopin-clopant, le dos un peu voûté d'où saillaient les vertèbres, rasant les murs et s'immobilisant brièvement de temps à autre devant un portail.

Stresa, à laquelle Maxime pensait très fort en ce moment douloureux, aurait-elle pu empêcher ce départ précipité ? Avec son caractère inflexible, elle aurait sûrement trouvé le moyen d'infléchir la résolution de Petit Nounours. À force d'éducation, elle l'aurait doté des défenses dont il était cruellement dépourvu et d'une structure mentale plus solide. Lui, Maxime, n'avait fait que disséquer et excuser l'ours nain, sans déterminer de ligne de conduite ferme et définitive. Le jeune conservateur se mordait les doigts de sa complaisance excessive.

Sur ces entrefaites, Maxime reçut un appel du docteur Sonafort sur son téléphone mobile. Bien qu'il tînt en aversion ce mode de communication synonyme d'aliénation et de fausse urgence, il l'écouta sans broncher. Le médecin, en veine d'anecdotes, lui déclara tout de go qu'il venait d'éconduire un sénateur avec perte et fracas. Ce dernier prétendait lui dicter sa propre ordonnance, lui seul était à même de choisir le remède contre le furuncle purulent qui parasitait sa fesse droite et l'empêchait de s'asseoir. Devant le refus du praticien scandalisé, le gros homme gesticulant comme un possédé lui avait affirmé, péremptoire, qu'il n'en resterait pas là. Pour sa part, le Docteur Sonafort était bien décidé à faire un rapport sur ce prétentieux ignare, qui se présentait toujours à son cabinet sans avoir satisfait aux exigences les plus élémentaires de la propreté ! Puis, toujours aussi survolté, le praticien changea de sujet et assura au jeune conservateur avoir découvert dans sa pharmacopée une substance censée réguler les humeurs de Petit Nounours : un médicament à base de cucurma et de gingembre, importé à l'état brut des confins indo-pakistanais. Puisqu'il paraissait vain de reconstruire l'existence du mini-plantigrade, la prise de produits naturels le requinquerait peut-être. En deux mois de traitement, le petit animal retrouverait la joie de vivre. Son existence prendrait peut-être même un autre tour. D'ailleurs Sonafort prétendait avoir testé la mixture sur lui-même. Vu le résultat - les sautes d'humeur du Docteur devenant constantes sans qu'il fît le moindre effort pour se contenir -, Maxime demeura perplexe...

Eugène lui donna ensuite des nouvelles de Stresa, qui lui avait téléphoné. La pauvre petite était sens dessus dessous. L'absence de Petit Nounours, qui avait rythmé son quotidien et donné un sens à sa vie, lui pesait cruellement. L'étudiante avait perdu de sa superbe et se reprochait à présent de coupables négligences dans sa pratique pédagogique, en errant dans les allées de la Ménagerie. Elle menait l'enquête dans tous les zoos de France et de Navarre : Petit Nounours était introuvable. Pour quelle raison Maxime lui avait-il retiré la garde de l'ours enfant sans préavis ? Le jeune conservateur était parti précipitamment sans explication. Pis, il l'avait mise devant le fait accompli. Qu'allait-il faire de ce petit être ?

Pour la consoler, la direction de la Garderie avait couvert d'éloges l'animatrice bénévole et l'avait même nommée assistante générale de troisième classe contractuelle - premier poste d'encadrement propre à la sortir de son spleen. La jeune femme travaillerait à un projet futuriste : la mise sous une cloche de verre gigantesque de la Garderie, accompagnée d'une climatisation multi-zones et du bannissement des cages. Véritable cité-continent pour animaux, Jardin d'Eden réunissant désert, savane et forêt équatoriale... Stresa disposerait en outre d'un budget lui permettant d'effecter des voyages d'étude à l'étranger et de prendre contact avec des cabinets d'architectes. Sonafort l'ayant invitée à prendre le thé à son domicile, elle avait repris quelques couleurs et lui avait montré quelques plans du zoo new-look, de son cru. Au centre figurait l'espace réservé à Petit Nounours : bref, le petit animal allait encore longtemps hanter l'esprit des protagonistes de cette histoire...

*

Petit Nounours reprit immédiatement ses bonnes vieilles habitudes fondées sur la discrétion maladive et les règles de prudence tâtillonnes. Décembre. Le soir était tombé. Des bancs de vapeurs transparentes nappaient le lit chaotique de la rivière, montant par paliers vers la commune de Varzo. Leur absorption par des nuages ventouses d'une opacité tentaculaire, descendant pesamment de la montagne, n'était qu'une question de minutes. Une véritable purée de poix recouvrirait le village sous peu. Les trottoirs étaient parsemés de larges taches poisseuses d'humidité fumante, et, par intermittence, un crachin désespérant pénétrait les peaux et les cœurs. Dans les rues presque complètement désertes, quelques silhouettes furtives comme des halos se confondaient avec les contours imprécis d'un village atomisé par l'instauration d'une nouvelle norme de comportement collectif : le chacun pour et chez soi. Plus d'échange de paroles, ni de regards. Seuls quelques aboiements rageurs de chiens perdus au pied de lampadaires crépusculaires. Au loin, le râle pesant de la noria de camions et de véhicules de tourisme roulant et reprenant leur souffle en direction du Simplon. Leurs passagers appartenaient à un autre monde, où vitesse et hyperactivité étaient le sel de l'existence. De Varzo, ils ne sauraient jamais rien, et ne voyaient aucun bénéfice à s'en enquérir. Pourquoi perdraient-ils leur temps à se perdre dans ses ruelles mourantes ? Ce passé n'avait, à leur yeux, ni mémoire, ni avenir.

L'instinct de Petit Nounours le guida vers le centre de Varzo qui ne comprenait en tout et pour tout que deux petites échoppes, îlots d'une arche engloutie. Au gré de ses tribulations, l'animal avisa l'une de ces belles maisons déjà décrites succinctement : la Villa Nante, rectangle au toît plat, trônait au milieu d'une étendue plane d'herbes et de bosquets méditerranéens. Construite dans les années vingt-cinq, elle n'avait connu qu'une lignée de propriétaires, particulièrement attentifs à sa conservation. Des vitraux multicolores dépolis, à fond ocre - dans le style des vitraux d'église - garnissaient les fenêtres du rez-de-chaussée, dissimulant aux visiteurs le décor un peu rance de ses pièces enchâssées de boiseries de merisier foncé. Le portail était entrouvert. À la droite de la grille en fer forgé torsadé, veillait solitaire la niche du chien de garde, à la menuiserie en bois de sapin défraîchi : son locataire trop gâté avait dû migrer vers un autre port d'attache. Petit Nounours aperçut la propriétaire sur le pas de sa porte. Madame Carlotta Monticelli - la sihouette élancée, le teint halé, la lèvre généreuse soulignée d'un rouge à lèvres vif - balayait les quelques feuilles mortes jonchant les deux grosses dalles de l'entrée, rituel accompli machinalement depuis près d'un demi-siècle. La charmante septuagénaire, démonstrative en diable dans son élégance, était couverte de bagues et de bracelets. En ces temps incertains, elle louait les chambres de sa vaste demeure, considérant ses hôtes de passage comme ses grands enfants - ou le leur laissant croire par de menues attentions censées être réservées à eux seuls -, confondant commerce et sentiment. Mû par une inspiration subite, Petit Nounours décréta que ce lieu de paix et de raffinement serait son havre. Exténué, il se contenta de squatter la niche du chien et s'endormit sans coup férir. Mais durant la nuit le molosse, gardien des lieux, revint le trouver et exigea de lui le paiement d'une redevance, l'astreinte consistant pour Petit Nounours à lui servir quotidiennement un os à ronger. Chaque matin, l'ours nain devait trouver un nouveau subterfuge pour soustraire adroitement cette pièce de choix au boucher - sinon, le bouledogue bavant d'envie et de haine l'avalerait tout cru. Le commerçant finit par découvrir le manège. Reconnu coupable, Petit Nounours fut expulsé de la propriété. Avant de partir, l'ours enfant prit son courage à deux mains et se glissa dans le salon de réception de la villa. Sur chaque bureau et commode trônaient des animaux en porcelaine de Meissen. Ces objets blafards et mièvres respiraient le kitsch. Petit Nounours battit en retraite et alla purger sa peine dans les égouts du village.

Le lendemain, à dix heures du matin, il pénétra dans le minuscule bazar de Monsieur Catulazzo, qui survivait tant bien que mal en vendant des journaux locaux, des fournitures de bureau et quelques paniers d'osier pendus à l'extérieur. L'ancien éleveur de chèvres ne s'aperçut de la présence de l'ours nain que lorsqu'il le heurta du pied. Il le saisit précautionneusement et le plaça sur son comptoir, convaincu d'avoir affaire à un jouet ancien. Mais la chaleur du corps de l'animal le fit douter. Et lorsque Petit Nounours le salua d'un imperceptible mouvement de tête, Monsieur Catulazzo crut à une blague : ce Petit Chose devait être un robot téléguidé, manipulé à distance par de jeunes farceurs imbibés de nouvelles technologies. Troublé, il décida de s'en tenir à cette version, malgré les fameux battements de cœur du plantigrade. Mais les enfants ignoraient encore la frontière entre réalité et onirisme, et ils jouaient avec le petit ours, quelles que pussent être son apparence et ses réactions, lui faisant exécuter toutes sortes de facéties, bien certains que Monsieur Catulazzo, à la gentillesse proverbiale, était un faiseur de miracles.

L'animal brûlait de se rendre utile. Chaque fois qu'un client pénétrait dans le magasin, il lui tendait qui un crayon, qui une gomme, qui un bonbon. Dans son esprit non rompu au concept de l'échange, il s'agissait d'une simple attention portée à autrui, tentative désespérée pour se faire aimer et établir une connivence à partir de gestes simples. À telle enseigne que l'endroit acquit une certaine popularité. De nombreux villageois, attirés par cette curiosité, se plantaient devant la vitrine ou s'attardaient dans le magasin. Mais cet afflux effraya Petit Nounours. Il cessa ses activités et se transforma en figurine de cire.

Monsieur Catulazzo avait voulu mettre à l'abri l'animal en lui offrant le gîte et le couvert dans une grange dont il était propriétaire, pensant que la conductivité thermique de la paille plongerait le petit animal dans un sommeil réparateur. Mais le fourrage était une matière auquel l'épiderme de l'ours enfant n'était point habitué. À peine étendu, il sentait des picotements, dégénérant en insupportables démangeaisons. De surcroît, le meuglement des vaches, dont il n'était séparé que par une cloison, l'indisposait, lui rappelant les douleurs endurées par leurs congénères dans la ferme de Madame Schwerin.

Il voulut donc retourner dormir à la Villa Nante, dont, ô surprise, la niche à chien était fermée d'un cadenas. Par chance, Madame Monticelli avait laissé entrouverte la porte de la villa. Petit Nounours s'y faufila, et au bout d'une heure d'escalade - l'escalier comptait soixante marches - il finit par atteindre les combles, où il se terra deux semaines entières. Demeurant incognito dans les hauteurs de la Villa Nante, il y trouva un refuge, sombre mais relativement confortable. Bien que non chauffé, ce grenier (où s'entassaient pêle-mêle vieux livres, armoires de campagne, poupées défraîchies pareilles à de petites vieilles et un cheval de bois unijambiste) bénéficiait de la chaleur dégagée par les parties inférieures de la maison. Petit Nounours y dénicha une vieille bergère aux coussins élimés, ainsi qu'un chausson fourré qui lui fit office de cocon protecteur. Seules deux souris qui, par solidarité, ne se déplaçaient qu'entrelacées par le biais de leur appendice caudal, venaient le taquiner à heures fixes. Ce cocasse duo de muridés le chatouillait pour entendre sa voix et l'identifier, puis, sans lui laisser le temps de réagir, disparaissait dans un trou. Un soir, l'une d'elles réussit à le circonvenir et à le faire tourner comme une toupie. Sonné, Petit Nounours tomba et se fit mal au pied. Ces rongeurs impénitents furent les derniers êtres vivants que Petit Nounours eut l'occasion de connaître.

*

Au magasin de Monsieur Catulazzo, les enfants se faisaient rares. Noël approchait et l'attention de nos petits moineaux était polarisée par d'autres centres d'intérêt. Petit Nounours ne faisait plus recette, le pauvre malheureux étant considéré tout au plus comme un jouet passé de mode. Il avait beau s'escrimer, varier ses effets et se dandiner maladroitement, plus personne ne lui prêtait attention. Dépité, il somnolait sur le comptoir. Le propriétaire du magasin lui-même s'en désintéréssait. Il avait cessé de nourrir l'ours nain qui se montrait par trop maladroit et peu enjoué. Il ne lui pardonnait pas non plus d'avoir fait tomber sa calculette toute neuve sur le carrelage où elle s'était fracassée. Petit Nounours faisait les frais de la cruelle inconstance des hommes...

Désemparé, Petit Nounours caressa un moment l'idée de se dissimuler dans un sapin de Noël, à seule fin de partager la joie et l'intimité d'une famille. Mais il renonça à cette entreprise devant les difficultés techniques auxquelles il se trouvait confronté : si grimper à l'arbre était réalisable, y demeurer spectateur, immobile, assis en équilibre instable sur l'une de ses fines branches, était plus problématique. Et puis, qui se soucierait d'un petit ours, sitôt admis, sitôt rejeté comme le passe-temps d'un jour ? Tout au plus risquerait-il, au lendemain des fêtes, de se faire hacher pendant son sommeil par les mâchoires d'une benne à ordures.

Quarante-huit heures avant la veillée, Petit Nounours trouva porte close : Monsieur Catulazzo avait fermé son magasin sans préavis pour une semaine. Étrangement, l'ancien éleveur avait néanmoins sculpté une effigie plutôt avenante de l'animal dans le bois de la porte d'entrée. Peut-être avait-il voulu signifier à l'ours nain qu'il serait toujours le bienvenu.

La nuit de Noël, Petit Nounours resta donc seul, confiné dans son grenier, avec ses souvenirs... Schwerin, Felgenhauer, Maxime, Stresa et Sonafort le convoquaient, douloureusement ou avec bonté, chacun d'eux l'admonestait ou le conseillait à sa façon. Varzo s'était drapée d'un voile impénétrable. Une fine pluie glaciale transperçait les os. Puis la drache se transforma en neige, drue et immaculée. L'animal émerveillé regardait par l'œil de boeuf le jardin de la villa se couvrir lentement d'un tapis ouaté, couleur lait de vache, symbole de la pureté d'un monde en paix, où le silence appelait au recueillement et à la méditation. Un temps où toutes les différences de condition s'estompaient. Une nuit où les miasmes de la civilisation étaient masqués. La neige tombait maintenant en flocons épais et cotonneux. Parfois, comme par un coup de balai de sorcière, des rafales de vent transformaient les pétales givrés en fous tourbillons, modifiant leur forme et leur vitesse. D'autres fois, les flocons chutaient, raides, verticaux, sans charme, pareils à un immense rideau sur un métier à tisser. Le lendemain, on verrait sûrement un bonhomme de neige. Petit Nounours imagina un instant se couler dans cette enveloppe glacée : ce travestissement ferait peut-être de lui un personnage plus intéressant et pérenne ? Au loin, la voiture de queue du Simplon Express laissait traîner ses feux arrière comme un filet fugace et rougeoyant. Une taupe sortit brièvement de son terrier. Un concert d'exclamations provenant du salon de Madame Monticelli parvint aux oreilles du petit mammifère. Et puis plus rien...

*

Depuis longtemps, Petit Nounours guettait un signe qui tardait à se manifester. La Grande Ourse ne l'avait probablement pas encore localisé ? À moins que Varzo ne fût pour elle un lieu inadéquat ? Un transfert vers l'au-delà exigeait peut-être de meilleures conditions météorologiques, et plus encore l'absence de contreforts rocheux, trop dangereux ? Petit Nounours finit par se dire qu'il devrait prendre une initiative, pour convaincre la Grande Ourse.

Vers cinq heures du matin, l'ours enfant se réveilla en sursaut. Il quitta la maison précipitamment, armé de son seul bâton noueux. Il avait pris une décision irrévocable. Fi des illusions et tergiversations instillées dans son esprit par Varzo : cette commune délaissée n'était qu'un leurre. Petit Nounours n'y avait pas sa place. Ni nulle part ailleurs. L'heure était venue, enfin !

D'instinct, l'ours nain se dirigea vers la montagne. Marchant droit devant lui, il emprunta un petit chemin d'autrefois peu fréquenté, couvert de poudreuse. On y relevait cependant les empreintes divagantes d'un chien errant, ainsi que de longues et fines traces étoilées, souvenir du passage d'un petit oiseau. Ce sentier antédiluvien ralliant les cimes semblait ouvrir à Petit Nounours la voie la plus directe vers le Paradis. Cette fois était la bonne. La Grande Ourse, dans son infinie miséricorde, l'appelait - au sein de son Royaume céleste où les ours de son espèce dansaient en farandole et trouvaient la sérénité. À présent, il écoutait, à travers la plainte du vent et des sapins qui la relayaient, une sorte de bruit de scie hurlante. Tout à ses pensées, le petit ours redoubla d'ardeur, ne s'épargnant pas, en dépit de la douleur qui le tenaillait au pied, et du souvenir prégnant de sa vie misérable. Le grand ciel bleu, qui illuminait maintenant la vallée, était de bon augure, présage de jours heureux : là-haut, très haut, la Grande Ourse devait veiller à son accueil. Lui enverrait-elle à mi-pente une délégation ? Quelques frères pour l'assister dans sa laborieuse progression !

À quelques kilomètres du village, le petit ours, dont les coussinets n'étaient plus que des lambeaux sanglants, fut saisi d'un froid intense : celui, annonciateur du passage dans un état intermédiaire, qui altère pour partie la conscience. L'ours enfant ne ressentait plus aucune douleur, mais des cercles de feu l'éblouissaient : hallucinations d'un chétif petit être agonisant. Son pelage se raidit dangereusement et les trous qui le mitaient s'élargirent : une partie de sa peau était à vif. Sa vue se brouilla. Le relief lui apparut flou. Roches et terres se confondaient en un magma indistinct, les arbres grandissaient en longues branches torsadées, s'élançant vers l'infini. Des feux-follets le harcelaient furieusement, à lui faire perdre la raison. Ses jolis yeux vert bouteille était devenus vitreux. L'un d'entre eux, en verre dépoli, se brisa. Petit Nounours était aveugle. Le petit animal s'efforçait encore d'avancer, rampant sur le sol, râlant et pétrissant la glaise, à bout de force. Mais il fallait grimper et mériter encore... Soudain, à l'approche d'un raidillon, il leva les yeux, et s'affaissa. Son voeu était exaucé...

*

À la même heure, à Cannobio, dans sa chambre d'hôtel avec vue sur le Lac Majeur, Maxime se réveilla brusquement, le corps baigné de sueur poisseuse. Comme si le jeune conservateur avait reçu la foudre ou une série d'électrochocs, de plein fouet. Quelque chose d'incommensurablement triste venait de se produire. Cherchant à se lever, flageolant, il réalisa que ses mains tremblaient et que ses jambes ne le portaient plus qu'avec peine : Petit Nounours n'était plus. Maxime fonça aussi vite qu'il put à la réception et régla sa note, hagard, sans la vérifier. Le portier considéra avec surprise ce garçon au regard intelligent qui avait du mal à trouver ses mots. Dix minutes plus tard, Maxime prenait le chemin du retour, conduisant nerveusement. À tous les carrefours il voyait se dresser devant lui la silhouette de Petit Nounours, lui adressant un salut fraternel, lui reprochant de l'avoir laissé partir. Il entendait le cœur de l'ours nain lui répéter inlassablement : « Petit Homme, où que tu ailles, je t'accompagnerai ». Se ressaisissant enfin, il comprit - accablé - l'inutilité de s'arrêter à Varzo pour déclencher l'alerte. On ne retrouverait jamais la dépouille de son protégé. Plus que sa petite taille et son insignifiance présumée, les raisons profondes de sa mort s'y opposaient. Le corps du petit animal avait déjà dû se volatiliser, mû par des forces supérieures et des énergies impalpables. Sans être à proprement parler pénétré de spiritualité, Maxime croyait à la disparition des corps et à la pérennité des âmes. À l'heure où la communauté des hommes commençait à peine à s'activer - il était à peine neuf heures - Petit Nounours n'était plus qu'une Idée. À l'instar de la Divinité qui venait de lui accorder son hospitalité...

Chez Madame Monticelli, aucun indice de la présence du petit animal ne fut retrouvé. Seule la femme de chambre, au hasard de ses pérégrinations, releva de minuscules empreintes de pas sur les marches de l'escalier, signe de la présence de rongeurs logeant dans les combles. Elle n'y prêta aucune attention, préconisant à sa patronne d'envisager une dératisation.

Monsieur Catulazzo ne fut pas surpris de la disparition du petit ours. Il ne crut pas utile de s'enquérir de son sort auprès du garde forestier. Petit Nounours avait dû se cacher dans une tanière, ou, plus sûrement, reprendre son errance en marge de la société. Mais il ne donnait pas cher de sa peau : l'étrange plantigrade n'était pas vraiment autonome, et son attitude, humaine à bien des égards, pourrait lui jouer des tours. En souvenir du Petit Chose, surnom affectueux un peu dérisoire dont il l'avait affublé, le propriétaire de l'échoppe enrichit son ébauche sculptée sur bois : il élargit d'abord le filet noir dessinant la bouche de Petit Nounours, puis lui adjoignit deux fossettes. Suivirent la gravure de griffes d'apparat, en traits minces. Et pour finir, le boutiquier lui orna le menton d'une fine barbichette. Dans un deuxième temps, sentant monter en lui la fièvre de l'artiste, il se saisit d'un pinceau pour colorier l'animal de trois tons contrastés : brun pour le torse, jaune pâle pour la tête, et noir pour le museau. Grâce à l'intervention de cet homme ordinaire, Petit Nounours s'était transformé en monument.

Les jeunes garnements qui avaient égayé les jours de Petit Nounours dans l'échoppe de Monsieur Catulazzo furent certains que l'animal avait été vendu à un musée de curiosités. Puis, l'insouciante jeunesse emportée par le tourbillon de la vie se dispersa au quatre coins du pays en quête d'un emploi, dont la ville de Varzo était privée, et pensa à autre chose. À l'exception de l'un d'entre eux, devenu journaliste de renom au *Corriere del Matino* de Milan, qui, par une curieuse association d'idées, se remémora les frasques qu'il avait fait faire à l'ours enfant, le jour de la naissance de son fils. Fangio Del Anunzia, tel était son nom, remontant le fil, mena par la suite l'enquête auprès de l'Académie des sciences de Berne, qui exhuma de ses archives le dossier de l'ours nain. L'étude de ses tissus organiques n'avait pas été poussée plus avant. Les chercheurs avaient tenu un discours prométhéen, mais, par paresse ou absence d'enjeux, avaient renoncé à poursuivre leurs investigations. L'homme de presse prit alors sa plume pour rédiger un article au titre éloquent : « Petit Nounours, le chromosome manquant ? » Ayant pris conscience de la dimension exceptionnelle de sa rencontre avec l'ours nain, Del Anunzia se mit en quête du personnage, tombé dans l'oubli général. À tel point que cela devint pour lui une véritable obsession. Petit Nounours par-ci, Petit Nounours par-là... Famille et collègues devaient subir ses discours interminables sur le sort de cette bête élevée au rang de mythe. Le journaliste écrivit même un ouvrage de vulgarisation sur les micro-espèces, dont les recettes furent reversées à des associations de sa localité d'origine. Petit Nounours y était décrit comme une sorte de prophète, né pour rappeler aux hommes leur dette contractée vis-à-vis des autres espèces. Puis il fit publier à ses frais un avis de recherche international : zoos, réserves ou cirques... pas une institution qui ne reçut l'affiche : « Wanted ! » comportant un descriptif très détaillé de l'animal. Sans succès. On le prit d'abord pour un homme avide de publicité et d'honneurs, puis pour un doux dingue. Hélas, à l'époque où Fangio se mit en chasse, les acteurs de cette saga avaient tous disparu ou changé de métier. L'affaire devait le tourmenter jusqu'à son dernier soupir.

Au moment de la disparition de Petit Nounours, Madame Schwerin mourut après avoir été culbutée et piétinée par le plus altier de ses chevaux. La fermière avait tant abusé de sa patience que l'équidé avait fini par ruer et lui porter l'estocade d'un bon coup de sabot.

Trois mois plus tard, jour pour jour, la police cantonale débarquait à six heures du matin chez sa consœur en vilenie à Bâle, et mettait un terme définitif à la carrière de la « veuve endiablée », titre peu enviable dont Madame Flegenhauer fut gratifiée par la presse populaire de la Confédération, certaines revues satiriques n'hésitant pas à évoquer son « ensingement maléfique ». (Néologisme venant de « singe » et signifiant manipulation et envoûtement, qui connut un succès retentissant et s'inscrivit durablement dans l'argot local). Le jour de son arrestation, sentant les mailles du filet se resserrer, Irma Felgenhauer était en train de compter des milliers de francs en grosses coupures pour en bourrer deux mallettes. La commerçante s'apprêtait à filer aux Bermudes, première étape de son exil.

De Petit Nounours, elle nia avoir conservé un quelconque souvenir. Il avait été un empêcheur de tourner en rond, parmi d'autres.

*

De retour à son domicile, Maxime retrouva ses deux totems intacts : Raboulou, gorille de son état, dont il avait fait mouler l'effigie en résine d'après nature. Le grand singe avait été son sujet de thèse et le jeune conservateur lui vouait une admiration sans borne. L'autre mascotte était un lémurien, poupée de chiffon acquise sur les étals d'un marché à Madagascar, témoin pathétique d'un séjour au cœur de l'indigence et de la pauvreté endémique de l'île. Le premier faisait grise mine, indifférent à sa banane en caoutchouc, à la fois jouet et pitance. À l'autre bout du salon, le primate à longue queue se balançait sans conviction sur sa branche. Pour le jeune homme, les deux animaux représentaient un milieu naturel en voie d'extinction, accablé par sa condition.

Le jeune conservateur, éreinté, jeta un coup d'œil furtif à une encyclopédie décrivant le mode de vie des ursidés. Cherchait-il encore à déterminer sa part de responsabilité dans la mort de Petit Nounours ? Il ne cessait de se demander si le relâcher dans la nature plus tôt eût endurci et sauvé le petit mammifère. À sa décharge, force était de reconnaître que le petit ours avait adopté un comportement contradictoire : lui qui avait paru si viscéralement attaché à son protecteur, il en avait pris congé si brutalement ! Eût-il fallu se concerter davantage avec Stresa ? Bah, la jeune femme n'avait pas eu besoin des lumières du jeune conservateur, ni même du stéthoscope du Docteur Miracle. Au fil des longues heures passées en compagnie de l'ours enfant, elle avait appris à connaître sur le bout des doigts ses ressorts intimes. Il fallait bien s'y résoudre : le destin de Petit Nounours était écrit. Du moins, le petit animal s'épargnerait-il les affres de la vieillesse…

Sceptique, Maxime se recueillit dans son living devant une série de photos, un peu écornées, de son protégé. Sur la première, le petit animal, les yeux brillants, regardait son protecteur d'un air inquiet et attendri. Était-il atteint de cécité, les lentilles imposées par Irma Felgenhauer lui ayant abimé la vue ? Implorait-il Maxime de mettre un terme à ses misères ? En revoyant cette image, le jeune conservateur se souvint de son contexte. L'épisode était intervenu postérieurement à l'extraordinaire découverte du docteur Sonafort. Des propos issus des battements de cœur de l'animal, le praticien avait dégagé quelques lignes de force. Petit Nounours le questionnait sur son appartenance : existait-il d'autres ours à sa ressemblance en ce bas monde, vivaient-ils en groupe, et, si tel était le cas, dans quelles contrées ? Toutes questions existentielles auxquelles Sonafort était bien en peine d'apporter une réponse, accroissant encore l'anxiété de son patient. Sur les derniers clichés, changement d'ambiance : Petit Nounours s'était caché dans l'angle d'une pièce - la tête contre le mur - et serrait entre ses pattes l'une de ces mirabelles bien juteuses dont il était friand. Il en examinait la chair, la sondant minutieusement afin de ne pas avaler quelques asticots ou moisissures. Nouvelle confirmation de son extrême pudeur, puisque - une fois n'est pas coutume ! -, Petit Nounours faisait tout pour dissimuler sa langue, organe à la propriété inaliénable, qu'aucune personne au monde ne pouvait lui soustraire.

Puis il décacheta une missive du médecin du Sénat.

Après avoir soumis le cœur de Petit Nounours à une radiographie lors de la seconde visite de Maxime, le praticien avait procédé à une analyse de ses organes. À la manière d'un anato-pathologiste ou d'un médecin légiste, Sonafort avait dessiné de sa main des coupes et des planches explicatives à l'intention du jeune conservateur : les valves du cœur du mini- plantigrade battaient indubitablement selon un tempo inhabituel. Sonafort avait envisagé toutes les hypothèses sans parvenir à en expliquer la cause, si ce n'est une éventuelle corrélation d'ordre sensoriel entre le mental de l'animal et son comportement physique. Le médecin joignait à son envoi plusieurs croquis de Petit Nounours. Le destin de l'ours enfant lui semblait scellé, aussi sombre que la fin de la plupart des protagonistes de cette histoire. Le praticien prédisait la mort de l'animal à brève échéance, à l'occasion d'une excursion. Sonafort était-il médium ? Son unique erreur fut de prévoir la chute de Petit Nounours dans un précipice. En tous cas, son évocation de la fin du Petit Chose était poignante : ce dernier était absolument seul et il avait définitivement perdu la boussole.

Soudain, l'attention de Maxime fut attirée par d'imperceptibles froissements de linge provenant de sa chambre à coucher. Curieusement, la porte de la pièce était entrouverte. Or, le jeune conservateur la fermait toujours pendant ses absences - légitime manière de protéger son intimité. Tout à trac, il s'y précipita.

Assis contre un oreiller, le drap à moitié jeté sur le torse, Petit Nounours était là, tel un phœnix renaissant, la mine réjouie. Mais était-ce *son* Petit Nounours ? Cet ours nain, d'une taille parfaitement identique à son frère de sang - dix-huit centimètres de la tête aux pieds - jouait au ballon avec une autre surprise de taille : Stresa. L'étudiante de Maisons-Alfort, qui s'était follement amourachée du jeune conservateur sans avoir trouvé le moment de lui déclarer sa flamme, avait tenté le tout pour le tout. Audacieuse, la jeune femme avait subtilisé le double de la clef de la porte de l'appartement du jeune homme et investi la place ! La nuit précédente, allongée sur le divan, elle avait ressenti au cours de la nuit quelques chatouillis à l'oreille gauche : c'était Petit Nounours ! Stresa resplendissait de bonheur et de beauté sauvage. Avait-elle compris la signification de la tragédie qui venait de se jouer ? Juste à côté d'elle, Petit Nounours faisait des galipettes à en perdre haleine, riant de toutes ses dents.

***

ADIEU

Ici s'achève ton histoire singulière, Petit Nounours. Et moi, ton biographe, qui t'ai suivi tout au long de tes périlleuses et édifiantes tribulations, je suis seul à présent... Discrètement, je m'étais attaché à tes pas, t'observant à la dérobée, tâchant d'interpréter à leur juste signification chacune de tes aventures. Grâce à toi, l'adulte vieillissant avait redécouvert la part d'enfance qui sommeillait en lui, se reprenant à vivre dans un monde étonnant, habité de légendes. Ensemble, nous aurions retrouvé tes vingt-six frères dans leurs antres mystérieux ! As-tu été réalité, ou fruit de mon imagination ? Je ne te reverrai jamais. Pourtant, ta figure d'écorché vif restera intacte en moi, en dépit du temps qui broie les âmes et affadit les sentiments. Ma tendresse t'accompagne, où que tu sois, en ces lieux de béatitude où la Grande Ourse t'a accueilli.

Ton existence livrée à la peur et à la tristesse fut un chemin aride, pavé d'épreuves, mais ta quête assidue d'un monde apaisé ne sera pas restée vaine : dans l'immensité du cosmos, tes congénères reconnaissent dorénavant tes qualités hors du commun.

Les battements de ton cœur transmettent une épopée dont ce petit livre ne suffit guère à rendre la pleine richesse, et qui mériterait d'être transcrite dans son intégralité. Ton parcours aura mis en lumière l'existence d'une multitude d'êtres soi-disant insignifiants, mais qui, pourtant, participent de notre histoire dix mille fois millénaire : vermisseaux, coccinelles, abeilles, petits rongeurs, crustacés... Ils sont les garants de la prospérité de notre planète, assurent son équilibre et sa permanence par leur labeur invisible et ingrat. Puissent les hommes le reconnaître. À défaut, ils périront.

Que Maxime et sa future épouse, Stresa, soient loués. Leur patronage t'aura permis, ne l'oublions pas, de surmonter les nombreux obstacles dans la voie céleste que tu t'étais choisie, et d'accomplir sereinement les ultimes étapes de ta trop courte existence.

Que le Docteur Eugène Sonafort, qui, depuis, a été porté aux nues comme l'un des plus éminents spécialistes des espèces animales hors normes (une stèle a été érigée à sa mémoire au milieu du Jardin du Luxembourg), soit également remercié pour son inestimable contribution.

***

ÉPILOGUE

À l'heure où le petit ours attendait avec impatience sa récompense suprême, la neige se remit à tomber sur Varzo, avec une lancinante régularité. La dépouille recroquevillée de l'animal fut rapidement revêtue d'une fine couche de cristaux neigeux, puis elle se congela. C'est dans cet uniforme rigide que Petit Nounours gagna la première couche de l'atmosphère. Une semaine plus tard, les soins dispensés par l'armée des ombres de la Grande Ourse l'avait sorti du coma et rendu présentable.

Au sein du Royaume, Petit Nounours connut un destin spécial. La Divinité portait toujours une attention particulière à la réception d'un spécimen de la société des ours nains. Elle les savait intelligents et souvent indomptables. (Ces petits ours assez peu sociables conservaient leur autonomie et faisaient bande à part. Ils avaient toujours de bonnes idées à faire valoir et apportaient une touche d'originalité à la vie quotidienne dans l'au-delà). La Grande Ourse comprit immédiatement quel profit elle pouvait tirer du petit prodige. Aussi tenta-elle de se montrer sous son jour le plus aimable, teintant ses yeux d'un éclat inhabituel. Au cours de son interrogatoire, le Petit Chose montra une réactivité exceptionnelle, anticipant les questions de la Divinité, sans faillir. Il soutint le regard inquisiteur de la Déesse, gage d'intégrité absolue. Aucun sentiment d'infériorité ou de culpabilité ne semblait le tourmenter. La Grande Ourse subodora l'exceptionnelle richesse de sa vie intérieure et la noblesse de ses aspirations. Aussi le surveilla-t-elle de près, s'enquérant tous les jours de sa santé et de ses états d'âme. Tandis que ses frères participaient à de traditionnelles réjouissances - le jeu du museau [1] et de la frisette [2] étaient fort prisés en ces lieux, et nombre de mini-plantigrades s'y adonnaient avec passion - l'ours enfant restait absorbé dans ses pensées, le tronc courbé. Si bien que plus tard, une fois parvenu à maturité - tête bien droite et corps revigoré -, le Petit Chose fut choisi par la Grande Ourse pour superviser la sélection des nuages amiraux : éminente responsabilité, puisque ces moyens de transport, vitaux pour la pérennité du Royaume, étaient les seuls, dans l'au-delà. (La Déesse redoutait l'interférence de ces nouveaux drones à têtes chercheuses, qui se trompaient si fréquemment de cible, et négociait âprement avec des bandes de nuages capricieux de nouvelles modalités de transport pour ses sujets, le point d'achoppement de la discussion portant sur l'altitude et la durée de la prise en charge). Par exemple, une transparence extrême lui faisait suspecter la fragilité de l'aréonef, et son probable émiettement. La présence de zones grises en son cœur ferait également courir trop de risques à l'équipage, la masse nuageuse risquant de crever et de se vider lors d'une perturbation atmosphérique, ou bien, agressive, de s'engager dans une lutte à mort contre ses voisins. Il n'y eut bientôt plus une seule expédition interstellaire dont les préparatifs échappassent aux commentaires de Petit Nounours, et même à ses recommandations. Un jour de grande clarté, la Grande Ourse se décida et nomma l'ours enfant à la tête d'une armada de vingt-et-une formations de gouttes d'eau : c'était l'expédition la plus ambitieuse jamais lancée par la Divinité. Elle avait prévenu les

1. Le jeu du museau consiste pour les ours à s'effleurer la truffe en se regardant droit dans les yeux.

2. Le jeu de la frisette consiste pour les ours à faire bouger leurs oreilles en tout sens selon des cadences convenues.

candidats que ce voyage serait sans retour, et les avait soumis à plusieurs auditions.

La traversée céleste fut interminable, mais ô combien exaltante ! Petit Nounours tenait le gouvernail du nuage de tête. Il avait soigneusement calculé la marche à suivre. Lorsque la flotte eut doublé Pluton, passeport pour l'inconnu, ultime jalon vers le cosmos, chaque navigateur put s'accorder un repos bien mérité. La suite de cette odyssée fut ponctuée de longues périodes d'observation, laissant aux voyageurs le temps de se prélasser et de contempler les merveilleuses divagations de la Voie Lactée. Enfin, les vingt-et-un un aéronefs se volatilisèrent - cirrostratus et cumulonimbus avaient plus que rempli leur office - et leurs pilotes formèrent des farandoles, à la manière de ces parachutistes adeptes du vol relatif[3]. Leurs corps tourbillonnants furent emportés et dissouts par un flux d'énergie, puis, sous l'effet de réactions chimiques en chaîne les portant à incandescence, ils se métamorphosèrent en étoiles. Une nouvelle constellation était née, baptisée « Oursonia » par la Déesse. Composée de vingt-et-un astres, elle avait la forme d'une tête de petit plantigrade.

Le Petit Rien avait gagné son pari. Heureux, adulte et immortel.

***

3. Série de figures où les parachutistes se tiennent par la main pendant leur saut en chute libre.

Sommaire

librinova
www.librinova.com

Imprimé en France
FROC030916270519
21256FR00004B/28/P

9 791026 224594